Nathalie Achard

Week-end entre amis

BLACK LAB

Vingt-cinq ans plus tôt

Bien évidemment, Marc conduisait. Non seulement parce que c'était sa voiture, mais aussi parce que ni Édouard ni Julien ne pouvaient imaginer qu'il en soit autrement. Ils avaient une petite heure de route avant de rejoindre des amis qui avaient investi une vieille bâtisse en dehors de la ville pour trois jours et deux nuits de fête en continu. Chaque kilomètre avalé à grande vitesse alimentait grassement l'excitation des trois jeunes hommes, qui avaient attendu cet événement avec une impatience ravageuse. Le tintement des bouteilles d'alcool mal arrimées dans le coffre ponctuait leurs conversations bruyantes et décousues. Personne ne s'écoutait, et chacun formait, pour les heures à venir, des vœux d'ivresse et d'exploits sexuels jamais égalés. La nuit commençait à diluer les contours mornes d'un paysage dont ils se désintéressaient totalement. Marc ne tenait compte d'aucune limitation de vitesse, prenait les virages serrés, faisait rugir le moteur à chaque changement de régime. Aucune seconde ne devait être perdue, rien ne devait retarder leur arrivée, forcément triomphale et inoubliable.

Puis, brusquement, choc, bruit mat, trajectoire déviée, reprise en main *in extremis*... Quelque chose venait de percuter le véhicule de plein fouet, brisant un phare. La voiture cala un peu plus loin. Marc, la respiration saccadée, le visage crispé et livide, les mains agrippées au volant comme à une bouée, s'immobilisa quelques instants, le regard dans le vide. Julien et Édouard calquèrent leur attitude sur la sienne. Aucun des deux ne voulant jeter un œil à travers la lunette arrière.

— Bordel, c'était quoi ? finit par demander Édouard, envahi par la peur que le silence ne les engloutisse à jamais.

Aucune réponse. Marc se contenta de redémarrer le moteur, passa la marche arrière et lentement se rapprocha de la forme à terre. Lui seul vérifiait la trajectoire dans le rétroviseur ; les deux autres étaient immobiles, comme englués dans une toile invisible, incapables de tourner la tête. *Bing, bing*... Les bouteilles s'entrechoquèrent lorsque la voiture roula tout doucement sur le dos-d'âne de chair inerte et d'os broyés.

— Qu'est-ce que tu fais ? murmura péniblement Julien, qui semblait devoir choisir entre respirer et parler.

Pour toute réaction, Marc, qui n'avait pas cillé une seule fois, passa la marche avant et roula de nouveau lentement sur le corps à terre. La voiture fut à peine chahutée, les bouteilles protestèrent faiblement.

— Allez, une dernière, consentit Marc, cajoleur, comme s'il concédait la faveur d'une histoire supplémentaire à un enfant capricieux qui cherche à retarder l'heure du coucher.

Marche arrière, en douceur, sans heurt, une infime sensation de soulèvement. Cette fois, Marc roula plus loin pour que le phare épargné éclaire pleinement la scène. Ce qu'il restait d'un animal – un chien, un sanglier, un faon ? – pulvérisé, démembré, viscères à l'air, tête écrasée. Tandis que Julien ouvrait la portière arrière pour vomir, Marc tonna en éclatant de rire :

— Oh, ça va ! C'est juste une putain de bestiole !

1

— Ne me dis pas qu'on est les premiers ?

— Oh, ça va ! C'est juste un putain de retard !

Édouard éclate de rire. Car personne ne peut raisonnablement s'étonner de la situation.

— Eh oui, Julien, vous êtes les premiers. Mais ça ne présente pas que des inconvénients : vous allez pouvoir choisir les sièges les plus confortables en attendant les autres. J'ai préparé du café, je vous l'apporte.

Julien se tourne vers sa femme, Claire, et lui demande :

— Tu as besoin de quelque chose, ma chérie ?

Claire le regarde avec étonnement, comme si elle ne s'attendait pas à le voir ici, à côté d'elle. Elle se sent incapable de lui répondre quoi que ce soit. C'est toujours la même chose. Lorsqu'elle se retrouve en présence d'Édouard, elle a le ventre noué. Et la perspective de passer tout un week-end avec lui et le reste de la bande la tétanise.

Un long week-end de trois jours. Cela faisait un an que Marc, Agathe, Julien, Claire, Édouard et Sylvie avaient programmé cette escapade. Entre les obligations professionnelles des uns et les contraintes familiales des autres, sans oublier un doute diffus sur le bien-fondé d'un tel projet, trois cent soixante-cinq jours de gestation n'avaient pas été de trop.

C'était Édouard qui avait lancé l'idée, un soir, à l'issue d'un repas bien arrosé. Sa proposition, comme un coup de feu tiré en pleine forêt, avait immédiatement levé une nuée de cris d'enthousiasme surexcités. Passer trois jours ensemble dans sa maison de campagne, sans enfants, sans programme, comme à l'époque de leur jeunesse, juste traîner, manger à n'importe quelle heure, jouer, discuter, lire, dormir, picoler plus que de raison… Simplement profiter. Le bon vieux temps miraculeusement ressuscité.

Mais, dès le lendemain, le soufflé était retombé aussi vite qu'il était monté. Bloquer trois jours dans des agendas pleins à craquer des mois à l'avance, faire garder les enfants, décaler les rendez-vous ritualisés de leurs semaines organisées au cordeau… La réalité avait mouché sans effort la flamme vacillante de leur naïveté. Mais Édouard ne s'était pas avoué vaincu. Il semblait tenir à ce week-end. Chaque fois qu'il avait vu ses amis, qu'il leur avait téléphoné ou envoyé un message sur un tout autre sujet, il leur avait parlé de sa maison, vaste et confortable, de la perspective de passer quelques jours au calme, loin des obligations, de retrouver le bonheur de ne penser qu'à soi, de décrocher, de se laisser aller… Immanquablement, il avait récolté des brassées de soupirs et de regrets, et parfois la promesse molle de voir s'il était possible malgré tout de trouver des solutions. Parce que c'était vraiment une bonne idée. Mais, inévitablement, les contraintes et le doute déchiraient la toile fragile de leur petit rêve bancal.

À l'issue de plusieurs mois de propagande pugnace – et plus pour se débarrasser de ce qui commençait à devenir une obsession encombrante que pour finaliser un projet qui les enthousiasmait réellement –, chacun avait juré, la main sur le cœur, de proposer pour l'automne suivant deux ou trois dates envisageables. Avec un soupçon de chance, parviendraient-ils à faire coïncider leurs agendas ?

Les données du problème étaient nombreuses.

Dans le cadre de son travail, Marc se déplaçait beaucoup. Il embarquait une ou deux fois par mois pour des destinations lointaines, et il n'était pas rare qu'il profite du week-end sur place pour amortir le choc du décalage horaire. Ce qui faisait qu'il n'était chez lui, en moyenne, que deux semaines par mois.

Sa femme, Agathe, sans profession, devait quant à elle jongler avec les plannings scolaires, extrascolaires et émotionnels de leurs trois enfants : Romuald, vingt-deux ans, Léa, dix-sept, et Antoine, six. Sourde aux protestations des deux aînés, qui affirmaient être suffisamment grands pour s'occuper d'eux-mêmes et de leur petit frère, elle n'imaginait pas une seule seconde partir sans leur avoir trouvé une baby-sitter triée sur le volet, capable de respecter un protocole aussi complexe que strict. Car Agathe envisageait toujours le pire pour ses enfants.

Julien, salarié sédentaire, était celui qui pouvait le plus facilement se libérer. Même s'il avait un fils, Mathieu, âgé de huit ans, né de son précédent mariage avec Sylvie, dont il était divorcé depuis quatre ans. Tous deux avaient mis en place, dans le calme et la maîtrise d'eux-mêmes, un système de garde partagée équilibré, parfaitement huilé, supportant mal les exceptions

– lesquelles servaient généralement de prétextes à déterrer de vieilles rancœurs. Pour ce week-end, qui les concernait aussi bien l'un que l'autre, Sylvie était en charge de leur fils et devait donc trouver une solution de garde. Julien ne voulait pas entendre parler d'une baby-sitter. Il n'avait pas confiance. Hors de question également de solliciter sa mère à lui, trop âgée pour veiller sur l'enfant trois jours durant. C'était une petite veuve chétive que les brutalités de la vie avaient usée jusqu'à la corde. Les yeux en permanence humides, elle vouait à son fils une sorte de culte apeuré qui faisait perdre à la vieille dame tous ses moyens quand ils étaient en lien. Et cette peur s'était reportée sur son petit-fils, qui n'hésitait pas à en profiter pour faire tout ce qu'il voulait quand il était en sa compagnie. Avec, parfois, une pointe de cruauté qui faisait frissonner Sylvie d'un dégoût qu'elle s'échinait à très vite oublier. Restaient les parents de Sylvie, en province, mais prêts, en fonction de leurs activités du moment, à venir passer quelques jours chez leur fille pour s'occuper du petit.

Sylvie, de son côté, faisait partie d'un groupe de musique médiévale. Elle jouait de la viole de gambe. Une passion dévorante. Entre les répétitions en semaine et les concerts les week-ends, auxquels il était quasiment impossible de s'extraire – le groupe faisant pourtant beaucoup d'efforts pour s'adapter à son planning de garde alternée –, son agenda était un véritable casse-tête.

L'épouse actuelle de Julien, Claire, la plus jeune de l'équipe, unie depuis peu au groupe par les liens sacrés du mariage, était infirmière. Elle pouvait obtenir son planning à l'avance et poser des jours, mais elle était totalement tributaire de l'organisation de la clinique au sein de laquelle elle travaillait. Et sur cette organisation en apparence toute militaire planait en permanence le risque d'une catastrophe qui pouvait mobiliser en un instant l'ensemble du personnel, sans négociation possible.

Édouard, enfin, à l'initiative du projet, directeur de sa propre entreprise, célibataire et sans enfant, jouissait d'une plus grande souplesse de vie. C'était pourquoi il avait annoncé qu'il s'arrangerait pour se libérer aux dates qui finiraient par émerger de ce chaos figé. Il était l'instigateur et le promoteur infatigable de ce week-end ; il lui semblait donc naturel de s'adapter en tout point aux contraintes de ses amis – afin que celles-ci ne servent pas de prétextes pour ajourner *sine die* ce séjour tant espéré.

Et le miracle s'était produit. Vendredi 17, samedi 18 et dimanche 19 octobre. Bien entendu, personne n'était à l'abri d'une urgence de dernière minute, d'un accident ou même d'une tragédie. Mais la fine équipe avait gravé solennellement dans le marbre ce trio de dates miraculées. Oscillant en permanence entre l'improbable et l'envisageable, la perspective de ce week-end était parvenue à nourrir, de longs mois durant, les conversations des amis, qui le chérissaient comme un petit animal virtuel, sans exigence et affectueux. Mais à trois semaines de l'échéance, ayant subitement pris corps, l'objet de leur tendresse était devenu nettement moins attrayant. Louer une voiture, faire les bagages, se mettre d'accord sur un lieu et une heure de rendez-vous : la réalité s'était présentée une nouvelle fois à la porte, et pourtant, comme si souvent, personne ne s'était attendu à la voir débarquer.

Finalement, si près du but, rien n'était venu remettre en question la pertinence du projet, mais, alors qu'il allait avoir lieu, celui-ci avait commencé à paraître parfaitement insensé, voire totalement grotesque. Agathe avait senti monter en elle l'angoissante culpabilité d'abandonner ses enfants. Claire, un peu éberluée, comme si elle n'en avait pas pris conscience avant, était perturbée par l'incongruité de partir trois jours en compagnie de son mari et de son ex-épouse, ainsi que de son amant et de la femme de ce dernier. Marc, lui, avait toujours eu horreur des vacances. Il se savait incapable de supporter plus de quelques heures d'affilée ceux qu'il considérait quand même comme ses amis. Alors tout un week-end… Sylvie, elle, n'en revenait pas de se retrouver à organiser la garde de Mathieu avec son ex-mari pour partir en compagnie de celui-ci et de sa nouvelle épouse. Seuls Édouard et Julien ne semblaient pas avoir d'états d'âme. Sans aucun doute parce qu'ils étaient aussi les seuls à ne pas avoir tenté d'inventer mentalement de toutes pièces une excuse crédible pour se désister *in extremis*.

2

— Ne me dis pas qu'on est les premiers ?

— Oh, ça va ! C'est juste un putain de retard !

Vendredi 17 octobre. Il a été convenu que tout le monde se retrouve à 9 heures du matin chez Édouard. Ce dernier s'étant démené pour louer le monospace, ses amis lui ont accordé le privilège de ne pas avoir à se déplacer. En théorie, l'idée est bonne et équitable. En pratique, son application déclenche inconforts et frustrations.

Claire et Julien arrivent à l'heure, l'air épuisé et agacés de constater que Marc est en retard. Édouard leur sert un café fort et quelques biscuits pour les aider à patienter. C'est ensuite au tour de Sylvie de faire son entrée, à 9 h 30. Sa mère lui a demandé dix fois de lui expliquer le mode d'emploi de chacun des appareils ménagers de la maison. Le temps de prendre des notes, de les corriger, de s'assurer qu'elles sont compréhensibles, la demi-heure d'avance prévue par la musicienne a fondu comme neige au soleil et s'est naturellement transformée en retard honteux. Julien, tendu, se demande pour lui-même, mais suffisamment fort pour être audible, si c'est une idée judicieuse de confier son fils à un être incapable de mémoriser le fonctionnement d'un four à micro-ondes. Affaiblie par le tête-à-tête avec sa mère – qui n'a cessé de répéter : « Partir en week-end avec son ex-mari et sa nouvelle épouse, c'est grotesque ! » –, Sylvie réagit au quart de tour. Elle fait vertement remarquer qu'il ne s'agit pas de *son* fils mais de *leur* fils. Et que s'il a une meilleure idée, qu'il l'expose. Après tout, rien ne l'empêche de retourner chez elle pour s'occuper de Mathieu pendant qu'ils iront tous à la campagne, sans elle. Elle sait bien qu'elle ne manquera à personne. Julien lance immédiatement un coup d'œil inquiet à Édouard, resté impassible durant l'échange, puis s'excuse piteusement. Il justifie son humeur par une nuit d'insomnie et entreprend maladroitement de revoir son jugement, évoquant même quelques bons moments partagés avec son ex-belle-mère comme autant de preuves de sa capacité à prendre soin de leur fils. D'ailleurs, à y regarder de plus près, il faut bien avouer que l'usage de certains fours peut se révéler contre-intuitif. Sylvie tente de suivre ce changement radical de point de vue et abandonne d'un geste las de la main, qui stoppe net le monologue absurde de Julien sur l'ergonomie des appareils électroménagers. Claire, qui n'a prêté aucune attention à la discussion, comme si elle n'entendait rien ou était totalement ailleurs, se remplit une nouvelle tasse de café, sans en proposer à personne, et finit la cafetière au moment même où Sylvie se lève pour se servir. Un instant suspendu. Sylvie regarde Claire, qui fixe le sol en sirotant avec beaucoup de précaution sa boisson. Édouard brise le silence en annonçant sur un ton exagérément joyeux qu'il va refaire du café. Il en est sûr, ce ne sera pas de trop. Il pronostique que le Capitaine sera très en retard et qu'un peu de caféine sauvera certainement la vie du retardataire – et, par ricochet, la leur. Il quitte la pièce en riant, égratignant à peine de sa bonne humeur forcée la couche épaisse de morosité ambiante.

Le Capitaine, c'est Marc. Édouard, Julien et lui se connaissent depuis près de trente ans. Ils se sont rencontrés au cours de leur scolarité dans une grande école de commerce. Trois jeunes morveux brillants, vainqueurs d'un concours réputé difficile, bien décidés à profiter pleinement du statut privilégié que cette réussite et l'avenir mirifique qu'on leur promettait leur conféraient.

Marc et Édouard avaient été les premiers à faire connaissance. Les deux forts en gueule. Une histoire banale de virilité en construction. Rhétorique incontournable du western. Une altercation dont le sujet avait depuis belle lurette été oublié. Quelques coups de poing assénés avec conviction mais sans talent. Un œil au beurre noir, une lèvre fendue et deux jours de renvoi chacun. Il n'en avait pas fallu plus pour que naisse une belle amitié, dopée à la testostérone. Marc, brillant, athlétique, audacieux, parfaitement conscient de son physique avantageux. Édouard, beau parleur, gosse de riche, déjà rompu aux techniques de manipulation que son charisme naturel lui octroyait sans effort.

Julien, besogneux, efficace et loyal, avait stabilisé l'étrange duo, toujours au bord de l'implosion, en consacrant le plus clair de son énergie à les rassurer, l'un et l'autre, sur leur excellence, comme un funambule dont la vie dépendait de l'équilibre maintenu entre les jeunes rivaux. Mais, compétiteurs dans l'âme, il avait malgré tout toujours été question de déterminer lequel des deux était le plus méritant. Celui qui recevrait le fameux titre de Capitaine – détenu à présent, pour la cinquième année consécutive, par Marc. Au début, les critères pour évaluer cette supériorité étaient variés : notes aux partiels, résultats sportifs, nombre de filles séduites, etc. Mais, très rapidement, ils étaient devenus essentiellement financiers. Julien, arbitre impartial de la compétition, n'y avait jamais pris part. Cela semblait aller de soi, il n'avait aucun droit. Personne n'y trouvait quoi que ce soit à redire.

Cinq ans, donc, que Marc est le Capitaine, parce qu'il est celui qui gagne le plus d'argent. Beaucoup d'argent. Mais aussi parce qu'Édouard ne semble plus consacrer la même énergie qu'avant à essayer de ravir son trophée au tenant du titre. Agathe, fatiguée par ce qu'elle appelle « la course des puceaux », estime ce désintérêt formidable. Les vertus de la maturité, selon elle. Marc convient qu'il serait temps d'arrêter ces gamineries mais accepte toujours avec gourmandise d'être appelé le Capitaine. Il veut bien cesser la compétition mais souhaite secrètement en conserver le titre. Il a pleinement conscience de l'infantilisme d'un tel attachement. Qu'importe, comme il dit, en partant d'un énorme rire contagieux ; lui, au moins, n'a jamais prétendu être parfait.

Comme annoncé par Édouard, le Capitaine et son épouse arrivent bons derniers, avec pas moins d'une heure et demie de retard. Furieux, qui plus est. L'attaque comme meilleure défense. Agathe s'engouffre la première dans le salon, les bras chargés de sacs babyloniens et informes, qu'elle jette au milieu de la pièce. Puis hurle, sans même prendre la peine de dire bonjour :

— Cette idée de week-end est la pire connerie ayant jamais germé dans nos esprits malades ! À près de cinquante balais, partir comme ça, comme des gamins débiles, pour aller s'enterrer dans je ne sais quel coin paumé, en laissant derrière nous nos familles, nos responsabilités, un petit garçon de six ans brûlant de fièvre… Non, vraiment, je ne sais pas ce qui me retient de faire demi-tour et de donner congé à Suzanne.

Sans allier pour autant le geste à la parole, Agathe s'effondre sur le canapé et, poussant des soupirs calibrés pour être entendus jusqu'au dernier rang d'un théâtre de plusieurs milliers de places, elle entreprend de se masser les tempes. Marc entre à son tour dans le séjour, encombré lui aussi de deux gigantesques valises, qu'il pose en équilibre précaire sur les sacs que sa femme a abandonnés comme des poubelles au milieu du salon. Le visage barré d'un sourire forcé et les traits brouillés d'une colère qu'il s'échine à dissimuler, il s'insurge faussement :

— Hé, dites donc, les feignasses ! Qu'est-ce que vous faites là, à siroter votre café, comme si on n'avait pas un planning à respecter ? On vous attend, nous. Pas question qu'on parte en retard parce que vous êtes complètement ramollis ! On a un timing. Allez, debout, bougez-vous !

Malgré la tension palpable dans la pièce, personne ne relève le caractère grossier de la manœuvre. À quoi bon ? Mieux vaut ne pas débuter ce week-end par un échange frontal avec Marc, personne ne s'en sent capable. Seule Agathe bougonne que, comme d'habitude, il n'en a rien à foutre de ses gosses. Toujours insensible à ce qui se passe autour d'elle, Claire commence à ranger les tasses. Édouard lui fait signe de tout laisser en l'état.

— T'embête pas, ma femme de ménage passe demain. Elle s'occupera de tout ça. On ne va pas faire attendre le Capitaine !

Chacun récupère péniblement ses affaires. Ils n'ont pas assez de bras pour tout porter. Comme s'ils partaient pour des mois. Haletant, suant et pestant, ils entassent tout tant bien que mal dans le coffre du monospace flambant neuf. Marc donne des instructions pour optimiser le rangement – surtout des remarques désobligeantes sur les choix faits par celles et ceux qui tentent l'impossible. Mais personne ne l'écoute. Alors il s'emporte, jette par terre l'un de ces énormes sacs – le plus gros de tous – et invite ses amis à aller se faire foutre tandis qu'il s'éloigne pour fumer une cigarette.

— Puisque c'est comme ça…

Il les laisse se débrouiller seuls. Rien de nouveau ni de surprenant. Marc ne s'implique jamais dans les activités collectives, invoquant systématiquement la même raison : personne ne fait ce qu'il dit. Bien évidemment, puisque ce qu'il dit n'a généralement aucun sens et n'est d'ailleurs jamais destiné à en avoir. Juste une façon quasi ritualisée de masquer son mépris pour la coopération.

Après un quart d'heure de lutte et de rangement au forceps, tout le monde embarque. Reste à attendre Marc, parti boire un dernier café au bistro du coin. Personne ne réagit, une fois encore. Édouard se glisse derrière le volant, prenant de court le Capitaine.

— T'as l'intention de monopoliser le volant, Édouard ? le tance-t-il d'un ton sec, comme s'il s'adressait à un petit garçon.

Impassible, Édouard allume le contact, prend le temps de régler le GPS, puis de rouler quelques mètres avant de répondre, très calmement :

— Qu'est-ce qui te fait croire ça, Marc ? Il y a plus de sept heures de route, sans compter les arrêts. Je n'ai pas envie de nous mettre en danger en couvrant tout seul cette distance. Julien doit me relayer, ne t'inquiète pas. Et puis il n'y a plus de place dans le coffre. Cette fois, on ne pourra rien y planquer si par malheur…

Édouard éclate de rire. Marc le traite de sale con. Sylvie, qui lutte visiblement contre l'exaspération, explose :

— Écoute, Marc : maintenant, tu arrêtes parce que ça ne va pas être possible. Depuis que tu es arrivé, avec plus d'une heure de retard et sans la moindre excuse, tu es d'une humeur massacrante et on en prend tous plein la gueule !

Marc se retourne – il a pris d'office la place à côté du conducteur à défaut de celle derrière le volant – et lui jette un regard assassin. L'occasion d'expulser la rage qu'il nourrit à l'égard d'Édouard. Ce dernier ayant osé ressortir, l'air de rien, cette vieille histoire pourtant censée rester secrète.

— Des excuses ? Il faudrait que je vous fasse des excuses ? Mais dis donc, Sylvie, tu te prends pour qui ?

— Stop ! Tout de suite ! Sinon vous me déposez ici, je récupère mes bagages et je rentre chez moi. C'est pas possible ! On va pas commencer le week-end comme ça. Vous êtes complètement cinglés ! C'est épuisant.

Claire, qui n'a pas décroché un mot depuis leur départ mouvementé, vient de sortir brutalement de son silence. Cédant à l'autorité paralysante de cet accès de colère, tous se taisent instantanément. Conciliant et cajoleur, Marc tente de lui faire retrouver son calme.

— D'accord, ma petite Claire, tu as raison. On arrête nos chamailleries. On passe l'éponge sur ce démarrage foireux et on se concentre sur tous les trucs sympas qu'on va faire ce week-end. OK ? Hé ! J'ai demandé si c'était OK pour tout le monde ? Je veux vous entendre !

Toujours agacée, Claire marmonne qu'elle n'est pas *sa* « petite Claire » et tourne son visage maussade vers la vitre, bien décidée à se consacrer pleinement à la contemplation de la morne succession d'immeubles bordant le boulevard. Elle a beau tenir à ce week-end, elle n'est pas prête à supporter n'importe quoi pour autant. Ces gens l'horripilent. Il faudrait qu'un jour, elle cesse de faire semblant. Mais pas avant d'avoir obtenu ce qu'elle veut…

Marc aurait préféré remettre définitivement Sylvie à sa place et lui faire ravaler sa demande d'excuses. Chaque fois qu'elle ouvre la bouche, il est au comble de l'impatience. Il paraît qu'il faut être indulgent avec elle parce qu'elle ne va pas fort en ce moment. Un moment qui dure une éternité pour Marc, qui a l'impression de l'avoir toujours connue plaintive et abattue. Faible et détestable. Ce n'est donc pas pour la ménager qu'il choisit de refréner son agacement. C'est parce qu'il a la ferme intention de sauter la femme de Julien ce week-end. Alors il est impératif que Claire reste de bonne humeur. Il compte bien s'en charger même si, pour ça, il doit se priver du plaisir libératoire de terroriser Sylvie pour qu'elle finisse par comprendre qu'elle n'a rien à exiger de lui. Ni de personne.

3

Au bout d'une heure d'embouteillage, ils sortent enfin de l'agglomération et empruntent une portion d'autoroute relativement dégagée. Pas un n'a ouvert la bouche, bercés par le fond sonore étouffé des flashs d'info qui passent en boucle. Soudain, Marc se lance, sourire aux lèvres :

— J'ai pris plein de jeux de société très sympas : jeux de plateau, de cartes, et pas mal de jeux d'apéro. Des règles simples, faciles à assimiler même si on est bourré. C'est même mieux d'être bourré, je vous le garantis !

Marc adore jouer. Parce qu'il adore gagner et écraser les autres. Personne ne souhaitera vraiment participer et, pourtant, tout le monde se forcera.

— Excellente idée.

Édouard est le seul à répondre. Claire continue à bouder. C'est, en tout cas, l'apparence qu'elle donne. En réalité, elle réfléchit. Il faut à tout prix qu'elle ait un moment d'intimité avec Marc. Elle ne se fait pas de souci, il en aura envie. Il a toujours envie. En revanche, ce sera la première fois qu'ils le feront avec les autres dans les parages. C'est perturbant, elle se sent gênée, honteuse.

En général, ils se retrouvent entre midi et deux. Dans un petit hôtel à côté de la clinique. Mais, ce week-end, elle ne peut pas passer à côté. C'est maintenant ou jamais, elle est en pleine ovulation, et son dégoût pour le Capitaine est devenu tellement fort qu'elle sait qu'elle ne sera bientôt plus capable de le surmonter.

Juste derrière elle, le regard perdu dans la contemplation hypnotique des murs antibruit de l'autoroute, Sylvie se demande si, durant ce séjour, Édouard va tenter de lui faire des avances. Pour renouer ou seulement « prendre du bon temps », comme il aime à le dire. Cette éventualité l'effraie. Quand elle y pense, son estomac se recroqueville sous la poigne d'acier de l'angoisse. Elle s'imagine même sauter de la voiture en marche, rouler sur le bas-côté, comme dans les films d'action, et courir à perdre haleine dans les champs pour semer ses poursuivants. Semer dans les champs. Elle étouffe un petit rire. Se trouve ridicule avec ses changements d'humeur brusques, ses pensées qui vont dans tous les sens. Même si la perspective d'une nouvelle intimité sexuelle avec Édouard pourrait justifier une telle cascade, elle s'efforce de se raisonner. Mais les mauvais souvenirs ne sont pas impressionnés par sa détermination et remontent à la surface comme des poissons crevés, ventre blafard à l'air.

— Quelqu'un peut mettre de la musique ? demande-t-elle vivement, chassant par cette question faussement enjouée les idées noires et bourdonnantes qui commencent à lui grignoter la tête.

— Oui, répond Julien, avec un enthousiasme tout aussi forcé.

Tous sursautent, comme s'ils découvraient à cet instant qu'il était parmi eux. Julien plonge vers la console centrale, branche son téléphone et choisit une playlist qu'il a visiblement composée avant le départ, spécialement pour ce week-end.

— Vous allez voir, ça va vous rappeler des souvenirs.

S'ensuit une conversation passionnée et complice au sujet des différents groupes et courants musicaux sélectionnés. Comme chaque fois qu'ils se retrouvent, les trois garçons se remémorent les grands moments – essentiellement alcoolisés – de leur scolarité commune. Seule Agathe parvient parfois à partager avec eux un éclat de rire. Elle aime bien cette nostalgie. Elle se sent chanceuse de pouvoir la savourer, même partiellement, avec eux.

Elle était une tout autre personne à l'époque, brillante et ambitieuse étudiante en troisième année de médecine. Elle était d'abord sortie avec Julien, qui avait tardé à lui présenter ses amis, Édouard et Marc. Prémonition ? Mais Julien n'était pas parvenu à résister aux demandes incessantes d'Agathe. La jeune femme brûlait de découvrir ces deux jeunes hommes dont il parlait souvent, avec une admiration teintée de crainte. Et ce qui était écrit était advenu. Cela avait provoqué quelques remous mais n'avait pas brisé leur entente pour autant. À ces âges-là, si les colères sont violentes, elles ne sont jamais solides. Pour apprendre, il faut savoir oublier. Et oublier surtout les douleurs qui finissent par occuper toute la place si l'on ne se résout pas à regarder ailleurs.

13 heures. Les estomacs affamés grognent, et l'exaltation musicale bat en retraite face à une légère céphalée nauséeuse. D'un commun accord, ils s'arrêtent pour se détendre et déjeuner. Relais d'autoroute, frites grasses à profusion, crudités délavées à volonté, bavette

filandreuse à point. Eux qui, d'habitude, prennent un soin exagéré à manger des produits sévèrement sélectionnés se délectent goulûment de cette nourriture dénaturée servie dans des assiettes qui sentent l'éponge mal rincée. La cafétéria est bondée. Ils font corps et observent avec dédain « les autres », qui leur offrent un spectacle irrésistible. Ils commentent, médisent, pouffent comme des gamins. Sur le dos des camionneurs fatigués, des mères de famille hystériques et mal fagotées, des petits vieux qui s'enivrent discrètement avec la cuvée du chef, du personnel de salle incompétent et exaspéré... Ils retrouvent leur bonne humeur mordante et se rappellent pourquoi c'était finalement une bonne idée de partir tous ensemble. Pour se refaire une santé à grandes lampées de mépris partagé. Sauf Claire, qui préfère ostensiblement se perdre dans la consultation de ses réseaux sociaux. Sylvie, elle, ricane aussi. Elle est même sans doute la plus mauvaise d'entre eux. Les saillies meurtrières ne lui sont plus destinées ; enivrant sentiment de faire partie des prédateurs. Pour une proie, c'est une expérience qui mérite largement l'entorse faite à ses illusoires valeurs de respect et de bienveillance.

14 h 30. Édouard laisse la place de conducteur à Marc, qui le gratifie d'une tape amicale dans le dos. Avec le retard au départ et les embouteillages pour sortir de la ville, ils n'ont pas fait la moitié du chemin. À peine le tiers. Marc promet qu'il va rattraper l'affaire et dépasse largement la limite de vitesse autorisée.

— J'en assumerai les conséquences, amende et perte de points sur le permis, vous le savez, ajoute-t-il avec ce qu'il pense être du panache alors que personne n'a fait la moindre remarque.

La seule inquiétude est exprimée par Agathe, qui redoute qu'il ne soit trop tard pour faire les courses à leur arrivée. Édouard la rassure : il a demandé à une dame du village voisin de s'en occuper. Normalement, les placards seront pleins à craquer.

— Et la cave aussi. N'ayez crainte ! Tout a été prévu. J'ai suffisamment insisté pour vous faire venir et vous vous êtes suffisamment donné de mal pour vous libérer. J'ai fait en sorte que tout soit parfaitement organisé et que vous soyez accueillis comme des reines et des rois. Vous allez être étonnés, je crois. Du moins, je l'espère.

Tous s'exclament, s'enthousiasment, se félicitent. Au même moment, l'attaque tonique d'une chanson archiconnue réveille de vieux souvenirs de fêtes passées. Et les voilà qui reprennent à tue-tête le refrain, en se dandinant, bras en l'air. À l'exception de Claire, qui, malgré tout, ne parvient pas à contenir un sourire. Leur soudaine bonne humeur est contagieuse. La voiture finit même par tanguer au gré de cette chorégraphie assise. Finalement, ce week-end pourrait être sympa.

Trois chansons plus tard, l'allégresse retombe et laisse la place à quelques conversations à bâtons rompus, entrecoupées de silences barbouillés de soupirs et de bâillements d'ennui.

17 h 30. Julien prend le relais derrière le volant après un passage collectif aux toilettes. L'occasion aussi de prendre une rapide collation. Chocolats, biscuits et soda. Agathe en profite pour raconter quelques anecdotes sur ses enfants en voyage. Des histoires de vomissements, pour l'essentiel. Tout le monde écoute et compatit. Tout le monde s'en fout, en fait, voire masque un léger écœurement. Mais croquer à pleines dents dans tout

ce sucre industriel est un bonheur inattendu qu'aucune contrariété ne saurait altérer.

De retour dans la voiture, alors que le jour est en train de décliner, la lassitude prend ses aises et envahit l'espace. L'énorme tableau de bord distille une étrange lumière verte et froide qui dessine sur leurs visages fatigués des masques d'Halloween bon marché. Julien a mis la musique en sourdine. Claire a enchaîné les gardes durant ces derniers jours, dont certaines très pénibles. Il espère qu'elle pourra dormir un peu dans la voiture. Mais c'est Agathe qui s'est assoupie, suivie de près par Marc, qui commence à ronfler bruyamment. Sylvie se surprend à souhaiter que ce voyage ne s'arrête jamais. Sans fin et sans destination. Sans dangers et sans enjeux. Rouler et mourir tout doucement, sans même y penser.

4

21 heures. Le retard a été en partie absorbé. La route dégagée, les vessies conciliantes et la conduite étonnamment sportive de Julien, tout y a concouru. La nuit est claire lorsqu'ils arrivent devant un grand portail en fer. Marc siffle entre ses dents.

— Oh, bon Dieu, Édouard ! Mais tu es le notable local, dis donc ! Ce portail monumental, ça rigole pas. Chapeau, l'artiste ! Quand je pense qu'après toutes ces années, c'est la première fois qu'on vient ici !

Tout le monde rit gentiment, surtout de soulagement : Marc semble être bien disposé après sa sieste.

— Merci, Marc, mais ce portail est devenu purement symbolique, tu sais. Les murs d'enceinte tombent en ruine, il y a des accès partout et, quoi qu'il en soit, il ne ferme plus à clef. À l'époque de mes grands-parents, c'est vrai, ça marquait un certain standing. Et, surtout, l'interdiction très claire de pénétrer dans la propriété. À présent, même si je suis le petit-fils des bourgeois de la colline – sans rire, c'est comme ça qu'on les appelait, ça m'a toujours fait penser à un film d'horreur, pas vous ? Bref, je suis surtout celui qui est parti à la ville et qui a abandonné la charge. Mais ça va, j'ai d'excellentes relations avec les gens du coin. Ne vous inquiétez pas, ils ne vont pas venir nous déloger en pleine nuit à coups de fourche ! Je vous le promets. En tout cas, tu as raison, Marc : vous auriez pu venir plus tôt, mais tant que mes parents étaient en vie, j'avais l'impression que ce lieu devait rester secret, intact... Bon, allez, venez !

Un simple coup d'épaule suffit en effet à débloquer le portail. Édouard ne prend même pas la peine de le refermer. Un chemin de gravier constellé de fleurs sauvages et bordé d'arbres centenaires. La demeure au bout, une vieille dame drapée dans les lambeaux de sa splendeur passée, digne et propre. Qui semble regarder avec sévérité l'arrivée de la bande.

— On se servira uniquement des pièces du rez-de-chaussée, si ça ne vous embête pas. Les étages sont quasiment abandonnés. C'est un vrai boulot d'entretien. Deux fois par an, je fais tout nettoyer de fond en comble. Ne vous en faites pas, vous serez très bien en bas. D'ailleurs, c'est l'endroit le plus confortable de la maison. Dépêchez-vous, prenez vos bagages, on y va.

Autour de la bâtisse, un vaste terrain en pleins et déliés, habillé d'une flore luxuriante et débonnaire. Des arbres, des fourrés encore fleuris et un petit kiosque à musique en bois clair. Le silence et l'odeur vivifiante de la terre qui s'assoupit après une journée fraîche et ensoleillée. Les amis s'étirent chacun leur tour comme de gros matous qui se préparent à rejoindre la cuisine pour plonger leur museau encore ensommeillé dans la gamelle. Édouard continue à tout commenter. Il aime cet endroit, c'est évident. Son large sourire, les inflexions plus chaudes de sa voix, sa posture tonique et enjouée : il est heureux d'être ici.

— Je fais aussi entretenir le jardin régulièrement. Autrement, ce serait l'horreur. La jungle en quelques mois. Il n'y a pas pire pour donner l'impression qu'une habitation est abandonnée. Plus qu'abandonnée, c'est comme si on tentait de l'assassiner à petit feu, par asphyxie, sous les ronces et les mauvaises herbes.

Il prend une grosse clef ronde en métal dépoli, comme rescapée d'une époque révolue. Qu'il fait tourner avec force claquements et grincements dans la serrure de la porte d'entrée. Bien trop branlante pour assurer sérieusement la protection de la bâtisse. Comme s'il avait entendu les doutes mentalement esquissés par ses amis au sujet de la sécurité, Édouard poursuit :

— Bon, en même temps, il y a toujours quelqu'un du pays qui garde un œil sur la maison. On n'a jamais eu le moindre problème, ni squat ni cambriolage. Un accord tacite qui fonctionne bien : je leur rends un ou deux services chaque année pour améliorer le confort de la commune, et ils surveillent de loin. Disons que je perpétue une certaine tradition du notable bienveillant, et je bénéficie en contrepartie d'une certaine loyauté de la part de mes voisins. Et ça se fait sans forcer, c'est très agréable. Comme quoi, le fameux vivre ensemble, ce n'est pas bien compliqué, hein ?

Marc affiche une mimique de connaisseur, comme s'il validait la manœuvre d'Édouard. Le groupe pénètre dans un vaste couloir qui fait office d'entrée. Au bout, un escalier en bois mène aux étages. À gauche, une porte à double battant et sur la droite, en enfilade, des portes simples. Édouard ouvre la marche et déclare :

— Pour le moment, posez vos affaires dans le couloir. Vous les reprendrez quand je vous aurai montré vos chambres respectives. Ça ne va pas être long, pas la peine de vous encombrer. Alors, à gauche en entrant, c'est la salle à manger attenante au salon, qui donne sur le jardin et qui se prolonge par une véranda, une sorte de jardin d'hiver si vous voulez. La cuisine est derrière la porte verte, et derrière celle en chêne, c'est mon bureau, qui est aussi ma chambre. J'y ai mis un clic-clac, et c'est toujours là que je dors, maintenant.

Édouard leur fait signe de faire demi-tour. Le petit groupe est obéissant, ambiance visite guidée d'un lieu sacré, silence de rigueur.

— Retournons dans le couloir. En face, se trouvent les chambres. Sylvie, tu prendras la première, la plus petite, puisque tu es seule – en prononçant ces mots, il ne peut s'empêcher d'afficher un sourire cruel –, petite mais très confortable, avec un accès privé à une salle d'eau. Un inestimable privilège ! Claire et Julien, vous occuperez la suivante ; Agathe et Marc, celle d'après. Deux grandes chambres, avec des lits immenses. J'espère, d'ailleurs, qu'ils ne sont pas trop grands et que vous ne vous y perdrez pas. Au moins pendant ce week-end…

Une fois encore, son sourire n'a rien de chaleureux, mais personne ne relève cette remarque douteuse.

— Il n'y a qu'une salle de bains, poursuit-il. Elle est donc commune à vos deux chambres, mais l'avantage, c'est que vous avez une vue imprenable sur le jardin. Voilà. Je vous laisse vous installer, vous rafraîchir pour ceux qui veulent faire un brin de toilette. Je vais voir s'il y a bien tout ce que j'ai commandé dans la cuisine.

Édouard disparaît sans accorder le temps à Marc, qui a levé le doigt comme un élève bien discipliné, de formuler sa question. Chacun prend ses affaires et suit la répartition indiquée. Les chambres sont propres et douillettes. Sylvie accroche sur des cintres les vêtements qui risquent de se froisser. Elle déteste les premiers moments d'installation dans un nouveau lieu. Elle se sent toute petite. Vulnérable. De passage, négligeable. La chambre est minuscule. Un lit étroit, comme celui d'un enfant, une chaise bancale, une table en Formica, et une armoire en bois sombre et patiné qui étouffe la pièce par sa présence massive. Tout semble incongru, rien n'est confortable. Un bref et effroyable instant, Sylvie est envahie par le sentiment qu'elle n'en partira jamais.

Claire et Julien aussi sortent leurs vêtements, en silence. Claire est épuisée. Elle n'est pas parvenue à dormir dans la voiture et c'est maintenant que la fatigue lui tombe dessus. Elle a déjà horreur de cette maison. Mais cela ne l'étonne pas. Édouard la répugne. Ses sourires pleins de sous-entendus, ses regards visqueux. Comme elle est incapable de formuler avec clarté et précision la raison de cette antipathie tenace, elle la garde pour elle. C'est elle, la junior du groupe ; il ne faudrait pas, en plus, qu'elle se comporte « comme une gamine ». Elle entend si souvent cette phrase quand elle exprime ses désaccords qu'elle préfère se taire.

Julien n'a pas ouvert la bouche depuis qu'ils sont arrivés. Il semble concentré. Chacun de ses gestes, au ralenti, est réfléchi, comme si le moindre faux mouvement pouvait provoquer une catastrophe. Et Claire n'a pas du tout envie de lui parler. Ils se contentent donc tous les deux de ce rangement lent et silencieux.

Agathe et Marc, quant à eux, ont jeté leurs sacs en tas au pied du lit, sur lequel Marc s'assoit et rebondit pour tester, en spécialiste, le matelas et le sommier. Le verdict tombe, catégorique et sans surprise : trop mou, c'est un lit de campagne. Agathe, qui n'écoute plus depuis bien longtemps les jugements permanents et péremptoires de son époux, se précipite dans la salle de bains pour placer stratégiquement sa trousse et sa serviette de toilette. Elle crie, parfaitement consciente que tout le monde peut l'entendre :

— Ah, je te jure ! Ça va être pratique, de partager la salle de bains… Il y a encore deux étages, non ? Pour une fois qu'on vient chez lui, tu ne crois pas qu'il aurait pu faire un petit effort ? On se retrouve tous entassés comme des sardines en bas. Ambiance colonie de vacances. Tu vois, parfois, l'attitude d'Édouard me laisse sans voix. Quel vieux garçon tatillon ! Et cette fausse générosité, c'est pathétique !

Marc ne répond pas. Lui trouve ça plutôt cocasse, de dormir à quelques mètres seulement de Claire. Ce n'est pas plus mal que les étages supérieurs soient interdits d'accès. Ils y trouveront sans doute un petit coin discret pour accueillir leurs ébats. Ou dans le jardin, s'il fait beau. En pensant à cette possibilité, il se rend compte que ça fait des siècles qu'il n'a pas baisé dans l'herbe. C'était avec sa femme, d'ailleurs. Comme cette dernière tarde à revenir, il lui demande à la cantonade, comme s'ils étaient seuls dans la maison :

— Tu vas te doucher, chérie ?

— Oui, pourquoi ? Ça pose un problème ? L'eau chaude est rationnée, en plus ? On doit prendre nos douches ensemble ? Ou alors il y a des tickets de passage comme à la Sécu ?

Marc rit avec indulgence. Quand Agathe mord comme ça, il éprouve un reste défraîchi de tendresse à son égard qui, s'il n'y prenait garde, pourrait lui faire regretter son infidélité programmée.

— Non, non, ça ne pose aucun problème. C'est juste que je vais rejoindre Édouard, si ça ne te dérange pas.

Il sursaute en la voyant revenir dans la chambre alors qu'il s'apprêtait à en sortir. Les cheveux attachés pour ne pas les mouiller, elle lui demande, les yeux bien agrippés aux siens :

— Et pourquoi ça me dérangerait, Marc ?

Celui-ci bredouille qu'il n'en sait rien et qu'elle l'emmerde avec ses questions et sa mauvaise humeur depuis leur arrivée, puis il quitte la pièce. En se rendant au salon, il ralentit devant la porte de Claire et de Julien, mais il n'entend rien. Il retrouve Édouard dans la cuisine, en train de s'affairer à la préparation du dîner.

— Hé, l'ami ! Détends-toi, c'est pas la course ! T'aurais pas plutôt un petit truc à boire à offrir à ton pote de toujours ? On est à demeure pour un bout de temps, plus besoin de prendre la voiture, pas d'alcootest, pas de couvre-feu, c'est la fête !

Édouard rit de bon cœur.

— Bien entendu ! J'ai posé des bouteilles de vin sur la table de la salle à manger. Tu peux en ouvrir une. Choisis celle qui te fait envie. Sinon il y a un bar dans le salon, avec des verres, des alcools forts... Fais comme chez toi. Au passage, sers-moi un coup, tiens. La même chose que pour toi, je sais que ce sera bon. Je te rejoins, je mets juste le rôti et les légumes au four ; comme ça, après, on aura tout notre temps. Je ferai la salade au dernier moment. Il y a du fromage et même de la glace dans le congélateur. Marie a vraiment bien travaillé !

Marc ouvre une bouteille de chablis, idéalement frais, sert généreusement deux verres et lance, goguenard :

— Marie, hein ? Une petite du coin qui te fait les courses et que tu te tapes à l'occasion quand tu viens en week-end ? Droit de cuissage, monseigneur ? Comme au bon vieux temps.

Marc n'a de cesse de taquiner Édouard sur sa vie amoureuse. La discrétion de son ami le met au supplice. La seule période pendant laquelle il l'a laissé tranquille, c'était quand il était avec Sylvie. Cette idylle vécue au vu et au su de tous avait pleinement nourri sa curiosité. Mais ça n'avait pas duré longtemps. Depuis, aucune information n'avait filtré, pas le moindre indice.

Édouard rejoint Marc dans le salon, le remercie pour le verre et répond, tout sourire :

— Marie, la veuve de l'ancien boulanger. Une solide septuagénaire qui s'occupe de la maison quand je ne suis pas là. Je sais que tu t'imagines que je suis un sale pervers, mais là, quand même, Marc, une femme âgée, faut pas pousser ! Je préférerais encore te faire des avances si j'étais à ce point en manque.

Tous les deux rient grassement. Marc finit son verre en trois longues gorgées et se ressert, vidant la bouteille.

— Eh bien, mon salaud ! Fameux, ton pinard ! Comme d'habitude. Mais dis donc, six bouteilles, ça risque d'être un peu court pour ce soir, non ? Tu ne comptes pas nous rationner ?

Édouard en ouvre une nouvelle pour se resservir à son tour.

— Tu rigoles ? T'inquiète pas, j'ai tout ce qu'il faut à la cave. Et je te promets que même si on s'y met sérieusement, comme au temps glorieux de notre jeunesse, on ne pourra pas venir à bout de tout ce que j'ai entreposé.

— Ah, oui, bien entendu ! Une vieille maison comme ça, il y a forcément une cave. Et, connaisseur comme tu es, ça doit valoir le coup d'œil. Il doit y avoir de beaux bijoux. Tu me feras visiter ?

Édouard pose doucement son verre et fixe Marc. Il laisse passer un certain temps, respire profondément et répond d'une voix plus basse :

— Non, Marc, il n'y aura pas de visite. La cave, c'est interdit. J'irai chercher tout seul les bouteilles quand ce sera nécessaire. Il faudra d'ailleurs que je prévienne aussi les autres.

Le visage figé par la consternation, Marc arrête de boire et gratifie Édouard d'un regard interrogateur, comme un professeur attendant une bonne réponse à une question évidente. Édouard reste sans réaction, serein. Les traits du Capitaine se durcissent, puis se détendent d'un coup comme si un élastique venait de rompre. Il éclate de rire.

— Ah, là, là ! Ce que tu peux être con, mon pauvre Édouard, quand tu t'y mets ! La cave, c'est interdit… Je voudrais bien voir ça, tiens.

Il finit d'une traite son deuxième verre et le pose bruyamment sur la table comme pour clore le débat. Puis il entreprend, toujours en ricanant, de faire le tour de la pièce pour détailler les dizaines de bibelots et de tableaux qui la décorent. Sans hausser la voix, Édouard répète en articulant exagérément :

— Je crois que tu n'as pas bien compris, Marc : la cave, c'est interdit. Un point, c'est tout. In-ter-dit. Il y a quelque chose qui n'est pas clair dans cette phrase ?

La température semble chuter de 10 °C en quelques secondes. Marc se retourne vivement vers Édouard. Mais avant même qu'il puisse accompagner de mots le doigt rageur qu'il tend vers lui, un hurlement retentit. Agathe entre dans la pièce comme une furie. Les yeux exorbités, le souffle court, le visage brouillé de terreur. Elle fixe avec horreur quelque chose niché dans sa main.

5

— Mais dites-moi que je rêve ! Je capte rien ! Absolument rien ! Vous avez une liaison, vous ? Marc, tu as une liaison ?

Marc est tétanisé. Une liaison ? Comment peut-elle savoir ? C'était ça, tout à l'heure, cette façon de lui parler et de le regarder ? Mais avant de s'embourber dans un démenti grotesque, il comprend : pas une liaison, une connexion ! Agathe a la manie d'utiliser un mot pour un autre lorsqu'elle est stressée. Et quel lapsus ! Le Capitaine se ressaisit et porte une main à la poche de sa veste pour en extraire son téléphone.

— Non, moi non plus, je n'ai pas de...

Mais il ne parvient pas à terminer sa phrase. Agathe ressort en trombe et va tambouriner aux portes de ses amis comme une démente en pleine crise. Sylvie sort, affolée. Elle s'est changée et semble en avoir honte. Elle confirme qu'elle non plus ne capte rien. Julien répond la même chose, pour lui et pour Claire. Agathe revient dans la salle de séjour, où Édouard ouvre soigneusement deux autres bouteilles alors que Marc n'a pas bougé d'un pouce depuis l'entrée et la sortie fracassantes de sa femme.

— Non, mais je rêve, Édouard ! Tu aurais quand même pu nous prévenir qu'on allait dans le trou du cul du monde ! Et je fais comment, moi, maintenant, pour avoir des nouvelles des enfants, d'Antoine et de sa fièvre ? Pour les rassurer, leur dire que je pense à eux ? Ton fixe est dans le bureau, j'imagine…

Et comme presque toujours, sans attendre de réponse à ses fausses questions, Agathe se dirige vers la pièce du fond. Calme et occupé à ouvrir les bouteilles, Édouard lui répond posément :

— Il n'y a pas de téléphone, Agathe. Ici, c'est une enclave, un havre de paix. J'ai fait fermer la ligne la dernière fois que je suis venu. On s'en passe parfaitement. Ça fait du bien, même, tu verras… Inutile de préciser que je n'ai pas Internet non plus. J'ai l'impression que tu as besoin de souffler un peu, non ? C'est donc idéal comme situation.

Agathe est stoppée net dans son élan. Au même moment, Sylvie, les bras croisés, entre timidement dans la pièce, suivie de près par Julien. Marc, lui, est effaré par la nouvelle : ni téléphone ni Internet. Il enfonce imperceptiblement la tête dans les épaules, anticipant la fureur que cette découverte ne manquera pas de provoquer.

— Pas de téléphone ? Tu oses me dire qu'il n'y a pas de téléphone dans cette baraque pourrie ? Et pas d'Internet non plus ?

Agathe se tourne doucement vers Édouard, mobilisant chaque muscle de son corps. Son visage est écarlate. Lente et inexorable montée de colère en fusion.

— Mais tu te fous de nous, Édouard ? C'est pas vrai ! Tu te fous de nous ! Et je fais comment, moi, s'il arrive le moindre problème aux gosses ? La nounou doit m'appeler dans dix minutes pour faire un point. Le petit a de la fièvre. Si ça s'aggrave et qu'il faut lui donner des instructions ? S'il doit être transporté à l'hôpital et qu'on est injoignables, qu'est-ce qu'il va se passer, à ton avis ? Et si elle ne parvient pas à nous joindre, elle va s'inquiéter, et les enfants vont le sentir et s'inquiéter aussi ! Ils risquent d'imaginer le pire… Je fais comment, moi ? Tu te fous de nous, espèce de sale…

Toujours calme, Édouard se place face à elle, coupant court à son monologue plein de mépris.

— Espèce de sale quoi, Agathe ? Écoute, je te le promets, c'est pas la peine d'angoisser. Au contraire, ça ne peut être que bénéfique, de déconnecter un peu. Et ça ne peut pas leur faire de mal, à tes grands, que tu leur montres que tu as confiance en eux. Si tu veux, demain, on ira chez Marie, qui s'occupe de la maison durant mon absence. Tu pourras appeler de chez elle et tu diras à ta progéniture de la joindre s'il y a un problème. Elle ou son fils nous préviendra. Mais il faudra que ce soit un motif vraiment sérieux, bien entendu, pas un petit bobo ou une question à la con. Allez, détends-toi et viens boire un coup. C'est pas la fin du monde.

Une grosse poignée de secondes s'écoule dans un silence pesant, ponctué des tintements cristallins des verres manipulés avec soin par Édouard. Agathe est abasourdie. Les bras tendus le long du corps, les articulations des doigts de sa main droite livides à force de serrer comme une brute son téléphone. Personne n'intervient. Claire entre dans la pièce à cet instant. Elle interroge Julien du regard, qui lui fait signe de se taire.

— « Viens boire un coup, c'est pas la fin du monde ! » Mais mon pauvre Édouard, tu es vraiment le dernier des connards ! Comment oses-tu me dire un truc pareil ? Comment peux-tu te permettre d'avoir un avis sur la question, toi qui n'as comme seul sujet de préoccupation que ta petite personne, égoïste, dégagée de toute responsabilité, sans…

Édouard se tourne vivement vers elle. Agathe est surprise et stoppe immédiatement son monologue.

— OK, je ne sais pas ce que c'est qu'être parent, enchaîne Édouard d'une voix blanche. Et je n'ai donc pas le droit d'émettre le moindre avis. Toi, en revanche, tu sais ce que c'est, et mieux que tout le monde, j'en suis persuadé. Mieux que tous les autres parents de la planète. En même temps, quand je te vois, je n'ai aucun regret de ne pas avoir eu d'enfant. Ta façon d'incarner le bonheur épanoui d'être mère ne m'inspire aucune envie. Au contraire, ce serait plutôt de l'effroi.

— Oh, là ! Oh, là ! Dites, ça va trop loin, tout ça ! On se calme, intervient Marc en se levant.

Il est estomaqué par la sourde violence des propos d'Édouard et déstabilisé par le désarroi de sa femme, qui s'est assise, sous le choc, et qui commence à sangloter.

— Édouard, je t'en prie, essaye de comprendre et ne sois pas si dur. Agathe, ne t'inquiète pas, on va arranger ça. Je vais t'accompagner chez… Comment elle s'appelle, déjà ? Jeanine ? Ah, non, Marie. Elle va nous recevoir. N'est-ce pas, Édouard, qu'elle va nous recevoir si on lui dit qu'on vient de ta part ? On est tous crevés, et nos mots ont dépassé nos pensées…

Édouard continue de jouer les hôtes attentionnés et sort des verres pour les nouveaux arrivants. Il ricane et répond avec ironie :

— Oh, bien entendu qu'elle va vous recevoir ! Il est plus de 22 heures. Elle va certainement adorer cette visite impromptue. Si elle n'est pas déjà couchée. Quand on se lève à 5 heures du matin tous les jours depuis cinquante ans, on peut avoir le mauvais goût de se mettre au lit tôt… Si elle se montre un peu distante avec vous, pourriez-vous au moins me faire le plaisir de ne pas la traiter comme une merde ? Tu pourras contenir ta colère à l'encontre de l'univers entier, Agathe ? En tout cas, pour votre information, c'est la première maison à l'entrée du village. Et son nom est Marie. Marie Liard et son fils, Fred. Vous voulez que je vous l'écrive sur un papier pour être certain que vous ne fassiez pas d'erreur ? Parce que si vous débarquez en les appelant Jeanine et Simon, ils pourraient se payer le luxe d'être vexés, ces salauds de pauvres !

Marc foudroie son ami du regard et sort chercher le manteau de sa femme. Agathe se lève, prend un mouchoir en papier dans la boîte disposée sur la table basse et passe devant Édouard en se mouchant bruyamment, comme s'il n'existait plus. Sylvie, Claire et Julien, restés immobiles et silencieux dans l'encadrement durant l'échange, se décalent rapidement pour la laisser sortir et préfèrent baisser les yeux pour ne pas croiser son regard furibond.

— Venez, mes amis, je vous ai servi un verre ! s'exclame Édouard, soudainement enjoué. Ne restez pas là ! Vous n'êtes pas en visite chez votre grand-mère. Détendez-vous ! Sachez que je suis ravi de vous accueillir chez moi.

Tandis que Marc et Agathe claquent violemment la porte d'entrée, ceux qui restent s'installent dans le salon dans les canapés et les fauteuils. Édouard rapporte de la cuisine un saucisson et un gros pain de campagne.

— Chacun se coupe des tranches, à la bonne franquette. Sylvie, tu ne veux pas donner, toi aussi, le numéro de Marie à ta mère, au cas où ?

Sylvie est sonnée. Les hurlements d'Agathe ont achevé de la mettre mal à l'aise. Elle se rend compte qu'elle n'a pas pensé une seule fois à Mathieu depuis qu'elle est arrivée. Comme si elle n'était plus elle-même. Elle sourit tristement, abattue.

— Oh… non… Non, merci, Édouard. Ça ne pose aucun problème. Enfin, je crois… Ma mère saura très bien se débrouiller, et on n'avait pas prévu de s'appeler. Qu'est-ce que tu en penses, Julien ?

Contre l'avis d'Édouard, Julien s'est attelé à couper des rondelles de saucisson et à les peler une à une, très soigneusement. Il lève la tête en entendant son nom. Reste silencieux quelques secondes, comme pour faire le point, puis répond :

— Tu as raison, Sylvie, il n'y a aucun problème. Tout ira bien. Tout ira très, très bien…

Comme un mantra. Édouard sourit. Lève son verre.

— À l'amitié ! Même si, comme la vie, ce n'est pas toujours un long fleuve tranquille.

Ils trinquent, boivent une longue gorgée et soupirent de soulagement. Ils savent d'expérience que l'alcool, associé à la fatigue et à la faim, nimbera bientôt leurs pensées décousues d'un éclat chaleureux et détendra toutes les raideurs musculaires. Sauf Claire, qui trempe à peine ses lèvres dans le vin et demande avec désinvolture :

— On pourra quand même visiter les pièces du haut ?

— Oui, bien entendu. Mais je te propose qu'on attende le retour de Marc et d'Agathe. Vu leur état, si on fait ça sans eux, ils vont croire qu'on les snobe, et je crains le pire.

Édouard accompagne ses paroles d'un éclat de rire communicatif. Il se lève pour mettre de la musique. Sylvie tente de reprendre pied en s'extasiant sur la décoration tandis que Julien sert de nouveau à boire à tout le monde. On félicite Édouard pour ses choix de sommelier. Celui-ci profite de l'attention du groupe pour expliquer la provenance de la marine accrochée au-dessus de la cheminée. Une histoire de grand-oncle aux mœurs dissolues, de partie de poker clandestine et de rhum frelaté. Édouard est le meilleur pour raconter ce genre d'anecdote, où la réalité et la fiction se font les yeux doux, pour le plus grand plaisir de ses amis.

Tout semble être rentré dans l'ordre comme par magie, chacun jouant sa partition habituelle, quand la sonnette retentit.

Édouard s'arrête au beau milieu d'une phrase et jette un coup d'œil furtif à Julien, qui manque de renverser du vin sur la table.

— Tu attends quelqu'un, Édouard ? Ça ne peut pas être déjà Marc et Agathe, si ? À moins qu'il ne leur soit arrivé quelque chose ?

Sylvie soulage sa nervosité en enchaînant des questions qui n'attendent aucune réponse.

Édouard, le visage fermé, ne dit rien et se dirige d'un pas hésitant vers la porte.

6

Sur le perron, un homme d'une trentaine d'années, sac à dos de baroudeur, barbe de trois jours, tignasse brune emmêlée, fait de visibles efforts pour sourire. Comme s'il savait qu'il peut faire peur au premier abord, il semble se tasser sur lui-même pour tenter de dissimuler son corps puissant. Ses sourcils relevés, comme étonné par sa propre audace. Sans laisser le temps à Édouard de prendre la parole, il s'en saisit brusquement et commence à débiter avec soin un discours qui a tout l'air d'avoir été préparé à l'avance.

— Bonsoir, monsieur. Je suis terriblement désolé de vous déranger à cette heure-ci, mais je ne peux pas faire autrement. Je me suis égaré. Je n'aurais pas dû continuer ma marche à la tombée de la nuit. Il n'y a pas pire pour perdre ses repères. Je le sais, pourtant, mais voilà, à toujours penser qu'on peut faire mieux, on se retrouve dans la merde. Pardon d'être grossier ! J'ai croisé une voiture sur la route. J'ai fait signe au conducteur, mais il ne s'est pas arrêté. Il allait très vite, je ne suis pas sûr qu'il m'ait vu, j'ai dû sauter dans le fossé pour l'éviter. Je ne veux pas vous embêter mais, dans le noir, je crois que je me suis pété… euh… abîmé la cheville. Je comptais marcher jusqu'au prochain village pour louer une chambre mais, avec mon pied, c'est vraiment trop dur. Est-ce que je peux téléphoner ou est-ce que vous pourriez me déposer quelque part ? Je suis crevé… Et tellement honteux de vous déranger comme ça. J'ai un peu d'argent, je pourrais vous dédommager. Et ne vous en faites pas, je ne suis ni un rôdeur ni un voleur. Juste un randonneur pas très prudent et pas très malin.

Une belle voix grave avec des inflexions un peu geignardes. À l'entendre, il est évident qu'il est épuisé. Et désolé. Et sans doute pas un voleur, même si sa seule profession de foi ne devrait pas suffire pour le croire. Peut-être un peu stupide ? Certainement, se dit Édouard, qui, sans plus de cérémonie, l'invite chaleureusement à entrer. Il le précède en déclarant, avec un large sourire :

— Mes amis, un invité surprise. Pas prévu au programme, mais qu'importe. Comment pourrions-nous laisser dehors un homme blessé et éreinté ?

Le nouvel arrivant pénètre dans le salon, les épaules voûtées. Ses traits tirés brouillent à peine l'intensité de son regard bleu acier. Il boitille misérablement.

— Asseyez-vous là. Je vais voir ce que j'ai dans la pharmacie, annonce Édouard.

L'inconnu salue tout le monde en murmurant et s'assoit en gémissant doucement de douleur. Une fois confortablement installé, il embraie pour repousser le silence interloqué de Sylvie, Claire et Julien.

— Je suis vraiment très, très, très désolé, vous savez. En plus, vous êtes en train de faire une petite soirée entre amis, ajoute-t-il en désignant les verres pleins et les bouteilles vides. Je vois bien que ce n'est pas le moment… Mais je vous promets que si j'avais pu faire autrement, je l'aurais fait… C'est tellement gênant.

Personne ne répond. Julien, les yeux écarquillés, se lève pour rejoindre Édouard. Sylvie, qui voit l'opportunité de calmer son désarroi en s'occupant de celui du marcheur, se ressaisit et tente de le rassurer.

— Mais non, ne vous en faites pas, c'est juste qu'on est un peu surpris. On vient tout juste d'arriver, nous aussi. Un voyage de dix heures. On prend doucement nos marques, mais il n'y a aucun souci. Édouard a eu raison de vous faire entrer. Je m'appelle Sylvie. Vous voulez que je vous serve quelque chose à boire ? Un peu de vin ?

L'inconnu pousse un long soupir et se détend. Il ne quitte plus Sylvie des yeux. Ce nouveau point de contact semble le tranquilliser.

— Non, merci, jamais d'alcool. Mais allez-y, vous, continuez à boire, ne vous occupez pas de moi. Moi, c'est Tony. Enchanté, Sylvie, et merci encore !

Claire se présente à son tour. Pendant ce temps, Sylvie va chercher un verre d'eau avec des glaçons et une rondelle de citron, malgré les protestations répétées du nouveau venu. Quand Édouard et Julien reviennent dans la pièce, Tony est en train d'exposer aux deux femmes son projet : faire un tour de France à pied sur la trace de ses ancêtres.

— Oh, rien de vraiment organisé. Juste le truc habituel du retour aux sources, des racines, des origines, tout le bazar… Je crois que c'est important de savoir d'où on vient. C'est juste mon avis, hein. Ça permet de comprendre des trucs. C'est pas simple à expliquer mais, par exemple, j'ai découvert qu'il y avait une vieille, dans ma famille, qui était blindée de thunes et qui s'est tout fait chourer. Elle est morte seule, pauvre, bouffée par ses chats…

Agacé de voir la fascination que le récit du jeune homme provoque chez ses amies, Édouard l'interrompt sans ménagement. Maître de maison, maître d'école.

— Bien, je vois que vous avez lié connaissance. Je n'ai trouvé qu'une pommade anti-inflammatoire et de la gaze. Claire, toi qui es une femme de l'art, tu pourrais peut-être faire quelque chose pour la cheville de monsieur ?

— Oh, non, pas de « monsieur » avec moi ! Appelez-moi Tony, je vous en prie.

— D'accord, Tony. Moi, c'est Édouard, et voici Julien.

Sans se faire prier, Claire se met au travail. Tony a l'air gêné. Il insiste pour appliquer lui-même la crème, mais Claire lui dit gentiment qu'elle est infirmière et que ça ne lui pose aucun problème.

— Eh bien, on peut dire que j'ai un sacré bol, quand même, dans cette galère ! s'exclame-t-il en riant de satisfaction.

Son bonheur est simple et immédiat. Édouard acquiesce et partage son rire. Mais il n'a pas la même couleur ; il grince un peu, frais comme un vent coulis.

— Jamais d'alcool, donc, répète Édouard en allant chercher un soda et une autre bouteille de vin. C'est bien, ça, très bien même. Voilà sans doute le secret de votre vitalité. Nous, on devrait faire attention, maintenant. Mais bon, puisqu'il faut mourir, autant que ce soit quelque chose qui fait plaisir… Dites-moi, Tony, je ne sais pas à quelle heure vont revenir nos amis avec le monospace, sans doute ceux que vous avez croisés et qui ne se sont pas arrêtés. Vous pourrez d'ailleurs leur dire ce que vous pensez de leur attitude – Tony fait signe qu'il n'en fera rien, surtout pas –, toutefois je crains que l'établissement sordide qui prétend faire office d'hôtel dans le village ne soit fermé à cette heure-ci.

À ces mots, Tony se raidit un court instant et respire profondément, comme pour se calmer.

— On est en pleine campagne. Mais la maison est suffisamment grande, vous pouvez rester dormir ici. Le temps de reposer votre cheville. Et ne vous faites pas prier ! Comment pourrions-nous supporter l'idée de jeter quelqu'un dehors ? Vous feriez la même chose pour nous, j'en suis certain. Qu'est-ce que vous en pensez ? Claire ? Sylvie ?

Claire, qui a fini de bander la cheville de Tony, ouvre de grands yeux incrédules comme si la question ne la concernait pas. Sylvie, quant à elle, ne comprend pas pourquoi Édouard l'interroge spécifiquement. Cette décision lui appartient à lui, et à lui seul. Elle ne voit pas au nom de quoi elle devrait émettre un avis. Mais, par politesse et par lassitude – elle se demande si elle ne perd pas une énergie précieuse à toujours vouloir tout décrypter, en vain la plupart du temps –, elle donne son accord.

— Parfait ! s'exclame Édouard. Vous dormirez ici, sur le canapé. Ça ne vous dérange pas ? Vous avez un sac de couchage, je vois. Autant vous en servir, ce sera plus simple que des draps et une couverture. Ça fera un peu moins de travail pour Marie quand elle viendra ranger et nettoyer. Déjà que je crains pour elle que la maison ne se transforme en véritable capharnaüm après seulement trois jours… Mais bon, je la paie pour ça, non ?

Une onde de dégoût parcourt le visage de Tony, qui déglutit avant d'accepter la proposition – comment pourrait-il faire autrement ? – et de se confondre en remerciements. Julien, resté silencieux jusque-là, passe un bras autour des épaules de Claire et l'attire vers lui. Il regarde Tony fixement. Claire se laisse faire et pose même sa tête sur son épaule. Si Julien a envie de montrer au nouveau qu'elle est à lui, elle ne va pas le contrarier. Elle connaît son angoisse de la perdre. Mais Tony discute surtout avec Sylvie. Quand Édouard s'apprête à déboucher une autre bouteille, la porte d'entrée s'ouvre avec fracas. Agathe et Marc sont de retour. Depuis le couloir, tout en peinant à fermer la porte, le Capitaine claironne :

— Mais c'est quoi, ce pays ? En partant tout à l'heure, on a croisé un vagabond juste devant la propriété. J'ai failli l'écraser. Tu me diras, vu le trou que c'est, ici, on doit pas risquer grand-chose à écrabouiller un pauvre type. Il nous a fait de grands signes, mais on ne s'est pas arrêtés, on avait d'autres chats à fouetter. Qu'est-ce qu'il foutait là ? J'espère qu'il n'est pas rentré, sinon il va falloir faire un tour dans le jardin pour vérifier qu'il ne s'est pas planqué, ou je ne sais quoi. Il avait un truc dans le regard que je n'ai pas du tout aimé… J'en ai profité pour garer la voiture devant la maison. Il ne manquerait plus qu'on se la fasse voler !

Tout le monde attend l'entrée de Marc dans le salon, un sourire aux lèvres, anticipant avec une certaine cruauté le moment où il se rendra compte que le pauvre type en question est installé dans l'un des fauteuils.

— Et, si tu veux mon avis, tu devrais faire changer la porte, poursuit Marc en faisant enfin son apparition. Ce sont des saloperies, ces rôdeurs, tu sais…

7

Claire, Sylvie, Julien et Édouard éclatent de rire devant l'air interloqué de Marc, qui se rend enfin compte que le fameux rôdeur est bel et bien dans la place. Tony s'est enfoncé dans son fauteuil et arbore un air de chien battu. Marc s'arrête net et le regarde, effaré. Agathe arrive à sa suite, continuant à épiloguer sur les tueurs psychopathes de la campagne. Qui plus est sans téléphone, dans le trou du cul du monde, comme elle aime à le répéter sans cesse. Le contexte idéal pour devenir les protagonistes malgré eux d'un de ces faits divers sordides et sanglants. Ils constitueraient le casting parfait d'une bande de citadins débiles dépecés vivants par un taré congénital. Elle pile à son tour et ouvre des yeux grands comme des soucoupes en apercevant l'inconnu, installé dans le fauteuil qu'elle occupait juste avant de partir.

— Agathe, Marc, je vous présente Tony, le fameux « rôdeur ». Ou dépeceur, selon la version que vous préférez. Tony, voici Agathe et Marc, ceux qui n'ont pas ralenti et qui, vous venez de le découvrir en même temps que nous, auraient pu vous écraser, de surcroît.

Allez, ne faites pas ces têtes-là ! Asseyez-vous et prenez un verre. On remet tout à plat. Je vous propose qu'on commence enfin ce week-end et qu'on arrête de se pourrir la vie, pour une fois. Agathe, ça va ? Tu as réussi à joindre la nounou et tes gamins ?

Micro-tentative de bouderie, vite balayée. Ses gamins sont invoqués, Agathe sourit.

— Oui, je te remercie. Bon, la vieille n'a pas été très accueillante, comme prévu. On a dû la déranger en plein milieu des *Feux de l'amour* ou d'une connerie du genre. Mais, quand on a expliqué qu'on était tes invités, elle s'est un peu détendue. On lui a aussi dit que c'est toi qui la dédommagerais. Et généreusement. Ça t'apprendra ! Sinon, j'ai eu les enfants et la nounou. Tout se passe bien, la température d'Antoine est même tombée. J'ai presque eu l'impression de les faire chier. Ça doit être mieux comme ça, j'imagine. Et puis le fils de la vieille m'a promis de venir s'il y avait la moindre urgence. Sylvie, j'y ai pensé trop tard, mais j'aurais pu aussi donner le numéro à ta mère, non ?

Sylvie sursaute. Elle s'était perdue dans la contemplation de Tony. Sans s'en rendre compte. Au moment de répondre, elle croise le regard amusé d'Édouard, qui a remarqué son intérêt appuyé pour le nouvel arrivant.

— Non, merci, c'est gentil, Agathe, mais maman… J'ai toute confiance… Pas de problème…

Marc, qui ne s'est toujours pas assis, se rapproche de Tony et lui tapote l'épaule.

— Bon, mon vieux, sans rancune. On était complètement déboussolés. On a agi comme des gros nazes. En même temps, demandez-vous sincèrement ce que vous auriez fait à notre place. Alors même si ce n'est pas chez moi, ici, je me permets de vous souhaiter la bienvenue et, comme on dit, quand y en a pour six, y en a pour sept !

Tony rit un peu trop bruyamment et le remercie chaleureusement. Il comprend. Marc n'a pas à s'excuser, c'est comme ça, pas de problème. Oui, oui, il aurait sans doute fait la même chose.

C'est au tour de Claire de prendre la parole. À cent lieues de ce qui se dit depuis quelques minutes, comme si tout ce qui se passait à cet instant n'existait pas.

— Marc et Agathe, on vous attendait pour aller faire un tour aux étages. Même si on n'a pas le droit de s'y installer, Édouard veut bien nous faire visiter. On y va maintenant, avant le dîner ?

Marc grogne d'étonnement. Et, non sans malice, renchérit :

— Ah oui ? On a droit aux étages ? Et à la cave, Édouard, toujours pas ?

Édouard semble aux anges.

— Eh non, Marc, toujours pas. Interdit. Ça m'amène à vous le dire, à toutes et à tous : l'accès à la cave est totalement interdit.

Agathe sursaute. Elle vient d'avaler d'une traite un verre plein à ras bord de chinon. Dans un hoquet, elle demande, effarée.

— Interdit ? C'est quoi, ces conneries, Édouard ? Tu nous interdis des trucs, maintenant ? T'es pas bien, c'est pas possible ! Et tu crois qu'on va t'obéir comme des enfants terrifiés ? C'est quoi, ce délire de toute-puissance ?

Silence. Elle a presque hurlé, déjà embrumée par l'alcool, butant sur les mots. Édouard la regarde avec une infinie tendresse. D'ogre.

— Oh, Agathe, je sais, tu n'arrêtes pas de le dire : tu fais toujours ce que tu veux et la personne qui t'obligera à faire ce que tu ne veux pas n'est pas née. Mais j'ai des doutes. De sérieux doutes. Toutefois, ce n'est pas le sujet. Tout le monde fait toujours comme il veut, d'ailleurs. Après, il faut simplement s'attendre à en subir les conséquences. Bref, c'est interdit. Je suis chez moi. Je vous accueille à bras ouverts, vous ne manquerez de rien, mais cette exigence, j'attends, au nom de l'amitié, de la courtoisie et de la bienséance, que vous la respectiez. Est-ce trop demander ? Vous en pensez quoi, Tony ? La situation vous semble-t-elle intenable ? Suis-je un hôte effroyable ?

Pendant tout cet échange, Tony, qui considère que ce désaccord ne le concerne pas, s'est abîmé dans l'observation attentive de la pièce. Il sursaute en entendant son prénom. Et se fige instantanément, le visage fermé et le regard froid, comme un serpent surpris au moment où il s'apprêtait à se faufiler sous une pierre. Sylvie vole aussitôt à son secours, pour le plus grand plaisir d'Édouard et de Marc, qui, lui non plus, n'a pas été long à remarquer l'intérêt qu'elle semble porter à leur invité surprise.

— Ça suffit ! OK, Édouard, on ne descendra pas à la cave. Qu'est-ce qu'on en a à foutre ? Ne commencez pas à mettre ce pauvre Tony sur le gril. Déjà qu'après toutes ces années à vous fréquenter, c'est pas toujours facile de vous suivre… Alors pour lui qui débarque, fatigué et intimidé, j'imagine même pas.

Toujours indifférente au débat, comme si elle n'était pas avec eux, comme si elle s'adressait à d'autres personnes, Claire insiste pour commencer la visite.

Elle veut à tout prix avoir une vision précise des chambres à l'étage. C'est là, pense-t-elle, qu'elle aura le plus de facilité à entraîner Marc. Ce week-end sera leur dernier rendez-vous – qu'elle est incapable de qualifier d'« amoureux ». Il n'en sait rien encore, et elle ne le lui révélera pas tout de suite. Elle n'en peut plus. Il la révulse à un point qu'elle n'aurait jamais imaginé. Sa peau, son odeur, ses râles de plaisir, cette façon immonde de tordre sa bouche lorsqu'il jouit. Si elle ferme les yeux, elle le voit, et la nausée l'envahit. Elle avait espéré qu'il soit plus fertile et n'avait pas prévu de devoir baiser avec lui aussi souvent.

L'histoire est simple – ce sont les pires. Julien et elle aimeraient avoir un enfant. Depuis trois ans, ils s'acharnent, en vain. Le plaisir a même fini par déserter leur lit, devenu trop besogneux. Les tests de fertilité sont formels : juste une certaine paresse des spermatozoïdes de Julien. Qui n'y voit pas un problème insurmontable. Une lassitude de la tête qui aurait glissé jusque dans ses bourses. Alors il fait face, espère-t-il. Il pratique le yoga deux fois par semaine et a entamé une psychothérapie. Il maîtrise son stress quand il le peut, grâce à des techniques de respiration découvertes sur Internet, et avale à jeun chaque matin une poudre à base de plantes qui sent horriblement mauvais. Pour lui, cette odeur insupportable est un gage de réussite. Comme une récompense pour le courage de l'avaler. Claire est sincèrement émue par tous ses efforts. Mais elle est également perplexe et doute de leur efficacité. C'est une professionnelle de l'allopathie, peu sensible aux promesses de la naturopathie et de son florilège de considérations énergétiques approximatives. Alors elle aussi fait face, à sa manière. Pragmatique et pressée d'avoir un enfant – elle ne saurait pas dire pourquoi elle est si impatiente, après avoir si longtemps fui la maternité, ayant même eu deux fois recours à l'avortement –, elle a décidé de solliciter d'autres spermatozoïdes, *a priori* plus entreprenants. Ceux de Marc.

Ce qui l'agace le plus, c'est que, du coup, le Capitaine pense être irrésistible. Il croit l'avoir séduite – elle parmi tant d'autres, subjuguées par son charme ravageur. Il est persuadé d'être, une fois encore, le maître du jeu. Elle aimerait tant lui dire que c'est elle qui a choisi de se faire sauter. Juste pour avoir un gosse. Et pourquoi lui ? Pourquoi pas Édouard ? D'abord à cause de la peur que ce dernier lui inspire, une peur irraisonnée qu'elle dissimule honteusement. Ne jamais, absolument jamais, se retrouver seule avec lui : tel est l'engagement qu'elle a pris dès l'instant où elle a fait sa connaissance. Il suffit qu'il lui parle directement pour qu'elle ait les mains moites et qu'elle sente monter une vague nauséeuse d'angoisse. Lui aussi lui inspire de la répulsion, mais une répulsion teintée de terreur. Elle a souvent l'impression de voir glisser sur le visage d'Édouard des ombres grimaçantes. Surtout lorsqu'elle a surpris son regard figé et glacé sur Sylvie… Pourtant, il s'est toujours montré très gentil envers elle. Courtois et respectueux. Aucun geste, aucun sous-entendu ne peut justifier cette frayeur. Sans compter que Julien aime beaucoup Édouard. L'admire même. Un peu plus que Marc. Ou pas de la même façon. Il y a comme un supplément de tendresse. Parce que la mission sur Terre de Julien, c'est de les admirer tous les deux. Claire trouve cela touchant et navrant à la fois. Mais pourquoi pas. Certaines personnes ne sont vouées qu'à l'adoration, comme Julien. Le bon côté, c'est qu'elles savent aimer pleinement et supporter sans souffrir d'être moins appréciées en retour. Ce qui est très confortable pour elle.

Mais la peur qu'elle éprouve vis-à-vis d'Édouard n'est pas la raison principale qui l'a poussée à choisir Marc, lequel a, en plus, la fâcheuse tendance à chasser sur les terres de Julien. Le Capitaine ayant épousé Agathe, sa première fiancée. Une vieille affaire dont plus personne ne semble se souvenir. À l'époque, déjà, cela n'avait pas vraiment déclenché de dispute. C'était la seule chose qu'on avait bien voulu lui raconter, presque à contrecœur, et seulement parce qu'elle entrait dans la « famille ». Une fois l'anecdote partagée avec une légèreté totalement inappropriée, il n'avait plus jamais été question de cette histoire. Agathe, belle et brillante étudiante en médecine, désirable, convoitée comme la bonne occasion qu'il ne fallait surtout pas laisser passer au risque de le regretter toute sa vie. Quand Marc avait pris la parole sur le sujet, il avait dit – et ses paroles ressemblaient à une rengaine qui avait dû solidement structurer le récit partagé :

— Ce n'était pas juste pour emmerder mon pote. La preuve, on s'est mariés et on est toujours ensemble alors que, vous tous, vous avez divorcé. Et on a trois merveilleux enfants.

En effet, ils s'étaient mariés six mois après leur rencontre. Comme une pénitence ? Pour compenser la trahison ? Le sacrement du mariage qui lave le péché ? Effectivement, ils avaient eu trois enfants, le premier un an à peine après leur union. Trois preuves de plus, indiscutables et vagissantes, de la force et de la beauté de leur amour, pourfendant la laideur trop simpliste de cette prétendue trahison ? Dès l'arrivée de Romuald, Agathe avait arrêté ses études. Depuis, malgré les inévitables épreuves de la vie, leur couple tenait toujours : ils étaient encore mariés. Qui, parmi leurs amis aux parcours amoureux chaotiques, pouvait se permettre de les juger ?

Mais toutes ces justifications n'empêchent pas Claire d'avoir le sentiment que cette histoire de fiancée volée est dégueulasse. Même si elle doit bien admettre que le couple formé par Agathe et Julien n'aurait sans doute pas survécu à l'épreuve du temps. Ce dernier lui avait d'ailleurs assuré, lorsqu'ils en avaient parlé tous les deux et qu'elle lui avait partagé sa peine pour lui, que cette affaire ne méritait pas la salive gaspillée pour en discuter.

Cette fois-ci, c'est donc elle qui a séduit Marc – et non le contraire – pour se servir de lui comme d'un simple géniteur et faire à Julien cet enfant auquel il aspire tant. Elle a ainsi l'impression de venger son mari, de corriger l'injustice qu'il a eu à subir des années plus tôt. Cependant, il ne faut pas qu'elle décortique trop ce besoin de rééquilibrage. Car un doute nauséeux risquerait de venir gâcher ses belles certitudes. Toujours est-il qu'elle n'est pas encore enceinte, qu'elle est en pleine ovulation et qu'elle ne va pas manquer de jouer son va-tout au cours du week-end. Il faudra aussi qu'elle empêche Julien de se défiler, afin que la date de la conception concorde. Depuis deux semaines, il trouve à chaque fois une bonne raison de ne pas répondre à ses avances. Il prétexte des soucis au travail, il dit qu'il est épuisé. Cela fait quinze jours qu'il rentre chaque soir beaucoup plus tard que d'habitude. Et sans donner d'explications satisfaisantes – une vague surcharge de commandes à honorer –, ce qui ne lui ressemble pas.

Voilà pourquoi Claire insiste autant, concentrée sur son objectif, sourde aux discussions qui l'éloignent de ses pensées. C'est urgent, c'est vital. Et plus le temps passe, plus elle trouve son plan bancal, dangereux, obscène. Comme Marc.

— Bon, on y va, Édouard ? Tu nous fais visiter les étages ?

8

Les voilà en file indienne dans l'escalier. Tony a choisi de rester en bas. Il veut prendre une douche avant le dîner et préfère les laisser entre eux. Il se sent déjà suffisamment de trop pour ne pas en rajouter en participant à cette visite. Personne n'insiste. Visiblement, tout le monde s'en contrefiche. Seule Sylvie s'inquiète un peu – elle ne sait pas faire autrement. Avant de monter, elle jette un dernier coup d'œil vers lui. Il n'a toujours pas bougé de son fauteuil. Immobile, le regard fixe, accroché au vide, il sourit faiblement, presque tristement. Il lui fait de la peine. Elle a envie de le rejoindre, mais elle se ravise, craignant les inévitables moqueries de ses amis. Lesquels se bousculent gentiment et chahutent dans l'escalier comme une classe de collégiens en sortie. La bonne humeur est de retour. Le vin l'a guidée jusqu'à eux et a engourdi pour un temps leur rancœur.

Premier étage.

— Ici, ce sont les chambres. Six au total : à droite, une suite parentale avec une salle de bains et deux chambres plus petites ; à gauche, trois autres chambres et une salle d'eau. Mes arrière-grands-parents, qui ont fait construire cette maison, ont eu une très nombreuse progéniture. Douze enfants… Vous vous rendez compte ? Douze ! Mais seuls huit sont sortis indemnes de l'enfance. Deux bébés de six et huit mois ont été emportés par je ne sais plus quelle maladie infantile, un enfant de huit ans s'est noyé dans la rivière qui est maintenant asséchée, et un adolescent de quinze ou seize ans a été retrouvé pendu dans la chambre du fond. N'attribuez jamais une chambre avec une poutre en chêne à un jeune de cet âge-là. Ça lui faciliterait bien trop la tâche.

En entendant Édouard s'autoriser cette blague sur le ton détaché, voire subtilement blasé, d'un guide de musée, Agathe s'offusque. Comment peut-on se montrer aussi léger sur un sujet d'une telle gravité ? Mais personne ne semble partager son avis. Dans la pénombre du couloir à peine éclairé par une ampoule poussiéreuse et faiblarde, les autres savourent le plaisir enfantin de se raconter des histoires qui font frissonner et ricanent pour conjurer la peur.

Soudain, Claire étouffe un cri, elle a senti comme un voile glisser sur son visage. Julien, à côté d'elle, sursaute et la regarde, l'air affolé. La jeune femme remarque pour la première fois les rides qui creusent le visage de son compagnon. Les cernes noirs qui dévorent ses joues.

L'éclat de rire d'Édouard claque comme un coup de fouet qui disperse les ombres.

— Oh là là ! Tout le monde se calme. N'ayez crainte : il n'y a ni fantôme ni monstre. Du moins, aucun qui ne soit venu du passé… Allez, on continue. Vous allez juste être témoins de la morne tragédie de la vie, rien de plus. Mes grands-parents, eux, ont été moins ambitieux côté reproduction, avec seulement quatre enfants, qui ont tous atteint l'âge adulte. Mes parents, eux, ont littéralement fait caler la machine avec un seul gamin – votre hôte, ici présent –, qui, comme l'a judicieusement fait remarquer Agathe tout à l'heure, n'a aucune descendance. Connue en tout cas. N'ayant rien prévu de particulier dans mon testament, à ma mort, cette maison reviendra sans doute à un lointain cousin qui vengera, par hasard et par procuration, les espoirs patrimoniaux déçus de ses ancêtres. Cette maison a toujours été un enjeu de taille, vous pouvez l'imaginer, comme c'est souvent le cas. Alors que personne n'est à plaindre dans la famille – tout le monde a les moyens d'en acheter une, voire plusieurs –, elle continue de nourrir des ressentiments profonds, à peine exprimés mais suffisamment haineux pour empoisonner les relations familiales. C'est certainement dommage que les branches les plus peuplées de la tribu n'en profitent pas, mais qu'est-ce que vous voulez, c'est le destin. Après tout, si j'en ai hérité, c'est que je devais la mériter. Je plaisante, bien entendu. Mais je préfère le préciser avant que vous ne me tombiez dessus. Toujours est-il que je trouve plutôt réjouissant que la logique de la reproduction ne régisse pas systématiquement nos existences.

Soulagement. Ce trait d'esprit est recevable, tout le monde rit. C'est la première fois qu'Édouard parle autant de lui et surtout de sa famille. Cette subite intimité, alors qu'ils sont serrés les uns contre les autres dans ce couloir mal éclairé, les rassure et les indispose en même temps.

— On peut visiter les chambres ? demande Claire, concentrée sur son objectif.

— Oui, si vous voulez, bien qu'à mon avis, cela ne présente pas beaucoup d'intérêt. Ta passion pour la visite de cette maison est étonnante, Claire ! Quoi qu'il en soit, inutile de farfouiller : ce ne sont que des chambres avec quasiment plus aucun meuble. La plupart ont été entreposés au grenier. Ah, juste une précision ! Et j'en suis navré par avance, Marc et Agathe, car j'ai bien compris que vous n'appréciez pas de voir votre liberté individuelle entravée, mais la grande chambre du fond à gauche est fermée à clef et le restera. C'était celle de mes parents. Depuis leur mort, je veille à ce que personne n'y entre. Même pas moi. Et je ne pense pas avoir à justifier mon choix, si ?

Le groupe se fige. Quelques borborygmes gênés. Agathe s'approche d'Édouard et lui touche doucement le bras. Elle se sent profondément désolée. Et accablée.

Les parents d'Édouard sont morts cinq ans plus tôt dans un accident de voiture effroyable. Édouard avait été contraint de se rendre à la morgue pour reconnaître sa mère. Seule la partie droite de son visage avait été épargnée. Le reste du corps avait été intégralement carbonisé. Quelques traits à peine reconnaissables enchâssés dans l'ivoire huileux des chairs rongées par le feu. Son père n'avait pu être identifié que grâce à ses empreintes dentaires. Une nuit, la fatigue, le verglas et le fracas fatal contre un arbre. Même pas un chauffard sur lequel hurler sa peine et son désespoir. Édouard, violemment taclé par cette tragédie, n'avait pas trouvé d'autre issue qu'une tentative de suicide pour tenter de soulager la douleur ravageuse qui le consumait seconde après seconde. Une réaction impensable pour ses amis, qui croyaient si bien le connaître. En effet, comment imaginer qu'il ait pu vouloir renoncer à la vie malgré leur amitié ? Qu'une telle pensée ait pu éclore dans l'esprit de l'un d'eux, eux, les maîtres du monde ? À tel point impensable que Marc avait dès lors toujours soutenu que c'était un accident. Rien de délibéré. Une stupide erreur de prise de médicaments comme il en arrive si souvent. Édouard était sous antidépresseurs et anxiolytiques, il avait dû oublier qu'il en avait déjà pris, surdose involontaire. Édouard lui-même n'avait d'ailleurs pas précisé s'il avait vraiment voulu attenter à ses jours ou si c'était effectivement un accident. Ils n'en avaient jamais vraiment parlé tous ensemble, et le récit de Marc l'avait emporté facilement, soulageant tout le monde.

À cette époque, Claire n'était pas encore mariée avec Julien. Elle était parvenue à reconstituer l'histoire en raccommodant des petits bouts de murmures volés. Agathe refusait toujours d'aborder le sujet. Julien avait été le seul, un soir, alors qu'Édouard était encore à l'hôpital, à soutenir qu'une tentative de suicide était possible et qu'en ce qui le concernait, il assumait pleinement l'égoïsme de sa tristesse, car il ne supportait pas l'idée d'être passé à côté du désespoir de son ami. Soutenu par la peur de perdre quelqu'un qu'il aimait, la honte de ne pas avoir été capable de l'aider, la douleur de découvrir que son affection était impuissante à empêcher le pire, Julien avait osé défier la version du Capitaine. Marc avait rigolé férocement et l'avait traité de pauvre type, de déchet, et lui avait reproché de projeter sur Édouard ce qu'il rêvait sans doute de faire tous les jours, à en croire la vie de merde dans laquelle il s'embourbait. Avant de statuer qu'on n'en reparlerait plus. Édouard n'avait jamais tenté de se suicider, un point, c'est tout. Il avait fallu attendre ce soir, dans cette maison, à cet étage, dans la poussière et l'odeur de renfermé, pour qu'Édouard brise la loi du silence et rappelle à ceux qui veulent trop facilement l'oublier que la mort a toujours le dernier mot et qu'elle hante, sans se forcer, la vie de ceux qu'elle n'a pas encore fauchés. Et particulièrement les impudents qui s'avisent de douter de sa férocité.

Agathe, Marc et Claire déambulent quelques minutes dans le couloir. Entrouvrent sans conviction les portes autorisées. Julien et Sylvie, eux, restent auprès d'Édouard.

— Je vous propose à présent de monter au grenier. Le rôti ne va pas tarder à être cuit. Il ne faudrait pas que la viande sèche trop. Ce serait dommage, Marie nous a choisi un très beau morceau.

La fine équipe lui emboîte le pas. L'escalier débouche directement dans la soupente. Une pièce d'un seul tenant, encombrée de malles, de valises, de cartons, de meubles, de bibelots en tout genre… Marc siffle son étonnement. Chineuse dans l'âme, Agathe s'enthousiasme.

— Édouard, mais c'est extraordinaire ! Il doit y avoir des trésors là-dedans ! Tu as déjà fait un peu de tri ?

Subitement tendu, Édouard pousse du pied de vieux magazines racornis qui obstruent le passage.

— Non, Agathe, je n'ai rien trié. Et pour le moment, je n'en ai nullement l'intention. Ne te fais pas d'illusions : je ne te lâcherai pas ici avec carte blanche pour t'en occuper.

Agathe se raidit.

— Mais qu'est-ce que tu crois ? Que je te volerais des choses ? Tu sais, Édouard, je mange à ma faim.

Sans relever cette remarque perfide, Édouard continue. Il sait qu'avec ce qu'il va ajouter, Agathe sera suffisamment punie pour sa grossièreté.

— Beaucoup de souvenirs sont encore à vif. Cet endroit est rempli d'objets, de photos qui n'auront aucune signification pour toi mais qui risquent de me poignarder en plein cœur si je les retrouve maintenant. J'ai encore besoin de reprendre des forces, si tu vois ce que je veux dire... Parfois, regarder ailleurs permet de ranimer l'illusion que tout va bien se passer... malgré tout. Bon, on redescend. Allons voir si Tony le rôdeur-dépeceur n'a pas volé tous les couteaux de cuisine pour nous égorger les uns après les autres durant notre sommeil.

Agathe est pétrifiée. Sylvie lui décoche un regard lourd de reproches. Agathe le reçoit en pleine face sans protester, elle est paumée. Depuis des années, maintenant, elle a l'intime conviction d'être toujours à côté de la plaque. Sans système valide de repérage, toujours au juger, véritable handicapée de l'intuition. Ses choix sont systématiquement foireux, ses engagements à contretemps, ses avis aberrants. Elle est épuisée de se tromper en permanence. Éreintée de ne même pas avoir le courage de l'accepter et de lâcher prise. Et c'est pire que tout avec ses enfants. Qu'elle malmène jour après jour, faute d'y voir clair dans ses propres motivations. Qu'elle éloigne inexorablement, faute d'admettre qu'elle les rend responsables de ses propres erreurs. Perdue et affolée, au cœur broussailleux de ses doutes et de son désespoir. Elle, la femme forte, l'épouse de Marc, la femelle du dominant. Elle se sent minable.

Édouard, qui semble avoir entendu les hésitations et les atermoiements d'Agathe, lui tapote doucement l'épaule, comme pour la sortir de la pétrification par la honte et l'exécration d'elle-même qui l'empêche de bouger. C'est lui qui, indulgent, lui accorde le droit de respirer à nouveau.

— Allez, assez de pathos, les enfants. On descend, on ouvre les autres bouteilles, on mange et on se saoule. J'ai préparé un repas d'ogres. C'est bien ce que nous sommes, n'est-ce pas ? Des ogres et des ogresses ? Un repas excessif, sans aucune considération pour tout ce qu'il représente de prédation des ressources, parce qu'on le mérite ! Pas vrai, Marc, qu'on mérite de prendre ce qu'on veut, quand on le veut, comme on le veut ? J'espère que vous serez à la hauteur. Mesdames, je refuse d'entendre « une petite crudité et c'est tout ». On engraisse pendant deux jours. On abuse, on dévore, on engloutit. Sans en laisser une miette pour personne. C'est pas ça qui va nous tuer... Je vais aller reprendre quelques bouteilles à la cave. Parce qu'après, je ne sais pas si je serai en état d'y descendre sans risquer de me briser le cou. Et je vous connais, si ça arrivait, vous en profiteriez pour aller la visiter en douce pendant que je serais en train d'agoniser sur les marches. Hein, mes salauds ?

Ça pourrait ressembler à de l'humour, mais aucun d'entre eux n'est dupe. Le discours rugueux d'Édouard grince à l'unisson des lattes de parquet. Seul Julien exprime son accord par un petit gloussement moqueur et glacial que personne, pourtant, ne lui connaît. Marc, mal à l'aise, contre-attaque.

— Bon, ça va, Édouard ! On va pas passer l'hiver là-dessus… On n'en a rien à foutre, de ta cave.

Tandis qu'ils s'engagent dans l'escalier pour rejoindre le rez-de-chaussée, le minuteur de la cuisine sonne bruyamment, et leur invité surprise apparaît en bas des marches. Cheveux mouillés plaqués, chemise et pantalon propres (mais froissés, le sac à dos est sans pitié), le front barré d'une ride profonde, Tony sursaute, comme s'il avait oublié qu'ils étaient là, et affiche rapidement un visage souriant et amène.

— Hé, salut ! Je me suis permis de visiter un peu pour trouver la salle de bains. C'est bon, j'avais mon shampoing – il montre la bouteille qu'il tient dans une main en guise de preuve –, ça fait du bien. Et j'ai fait attention à ma cheville – indiquant, cette fois, son pied –, je l'ai laissée en dehors de la cabine de douche. Ça a sonné. Je peux aider à quelque chose ?

Tony parle un peu trop vite. Sa fébrilité provoque une légère odeur fétide de suspicion, renforcée par le silence de la bande, qui préférerait très clairement qu'il ne soit pas là. Semblant savourer l'inconfort du randonneur et de ses amis, Édouard retarde de quelques secondes le moment de répondre.

— C'est étonnant, plus je vous regarde, plus votre tête me dit quelque chose, finit-il par lâcher. J'ai l'impression de vous connaître… On ne se serait pas déjà croisés ? Au village ?

Tony se fige. Il dodeline légèrement de la tête et cligne des yeux, comme s'il était pris de vertige, mais il se ressaisit et affiche un sourire solaire, presque brûlant.

— Non, je ne crois pas. Je m'en souviendrais, je suis plutôt physionomiste. Par contre, c'est un truc qu'on me dit souvent, ça : « Votre tête me rappelle quelqu'un. » C'est le côté passe-partout des gens sans importance, non ? Il y en a tellement, on en voit à chaque coin de rue, ils se ressemblent tous. Je suis certain que ça ne vous arrive jamais, à vous. Parce que vous êtes un notable.

Édouard éclate de rire.

— Je n'avais jamais pensé à ça. C'est original, comme façon de voir les choses. De mon côté, j'ai une mémoire approximative des noms et des visages. Combien de fois on me l'a reproché ! Les gens pensent que c'est du désintérêt et, pourtant, ce n'est pas le cas. C'est un peu comme le sens de l'orientation : je crois qu'on n'est pas tous équipés pareil. Je dois donc me tromper, et, tout bien réfléchi, ça n'a aucune importance. En tout cas, bravo pour la douche ! Vous avez eu raison. J'aurais dû vous montrer où était la salle de bains, je suis navré. Mais, visiblement, vous êtes débrouillard. Je suis heureux que vous vous soyez senti suffisamment accueilli pour prendre la liberté de visiter et d'utiliser les équipements de la maison. Et pour le coup de main, avec joie ! Je propose que vous mettiez la table pendant que je termine deux ou trois bricoles dans la cuisine. Mais, avant, je dois retourner à la cave. Les assiettes, les couverts et les verres sont dans le buffet de la salle de séjour. Prenez ce que vous voulez, faites-vous plaisir. Cette maison est remplie de très belles pièces qui ne servent à rien. OK, on ne fête ni un mariage ni un baptême, mais il n'y a pas que ça dans la vie, et ça n'en reste pas moins un jour important pour nous. Alors sortons le grand jeu !

L'enthousiasme gagne le groupe, qui se met en mouvement. Édouard sort de la salle à manger et se poste devant une trappe, sous l'escalier. Il prend quelques secondes, comme s'il rassemblait ses forces, puis la soulève et entame la descente. Marc, qui l'a suivi discrètement – du moins, le pense-t-il –, jette un coup d'œil appuyé pour tenter d'apercevoir quelque chose. En vain. Alors il rejoint les autres.

Agathe prend en main l'organisation. Sylvie cherche et trouve assez facilement une nappe et des serviettes. Claire regroupe les couverts. Agathe sort toutes sortes d'assiettes et semble prendre un grand plaisir à les regarder sous toutes les coutures, marquant parfois un étonnement admiratif bruyant. Marc, lui, ouvre la dernière bouteille posée sur la table et se sert un verre. Julien, enfin, se plante dans l'encadrement de la porte. Il paraît tendu, presque soucieux, comme s'il réfléchissait à quelque chose de complexe. Alors que la table est quasiment mise, un bruit sourd en provenance de la cave se fait entendre. Marc tourne la tête, sans s'inquiéter. Tony interroge Sylvie du regard. Ne comprenant pas ce qu'il lui veut, celle-ci lui répond par un sourire timide. Agathe et Claire vaquent à leurs occupations comme si de rien n'était.

— Hé, vous avez entendu ? s'exclame Julien. Ce bruit qui vient de la cave…

— Ouais, et… ? demande le Capitaine, mi-goguenard, mi-vexé. Je vous rappelle à toutes fins utiles qu'on n'a pas le droit d'y aller, dans cette putain de cave ; alors qu'est-ce que tu veux qu'on fasse ? S'il n'est pas remonté d'ici dix minutes, on désobéira. Et s'il s'est fait mal, ça lui fera les pieds, de devoir nous attendre. Ambiance cour de récréation, mais que veux-tu, mon petit Julien, c'est la seule façon de lui rappeler les grands principes de la causalité. Comme à un môme !

Tony semble subitement sur ses gardes. Il regarde avec insistance le Capitaine. Sylvie s'intéresse de plus près à la conversation et ose dans un murmure :

— Quel bruit ?

Au même moment, un nouveau coup sourd, plus épais, de ceux qui percutent le plexus comme un coup de poing, fait légèrement trembler les murs. Marc s'arrête de boire et lève le nez, à l'affût. Il intime le silence d'un geste sec de la main. Quelques secondes suspendues, puis un bruit cristallin, comme une chute de bouteilles. Marc se précipite dans le couloir en bousculant Julien.

— Ah, le con ! Mais qu'est-ce qu'il fout ?

Tony le suit, le visage figé par l'incompréhension et la peur. Les femmes ne bougent pas. Julien tente de les rassurer d'un simple sourire craintif et emboîte le pas aux deux hommes. Parvenu devant la trappe, grande ouverte, Marc pose un pied sur la première marche et fait une pause. Il tend l'oreille et ne perçoit que le silence. Il semble stoppé dans son élan. Tony s'est posté juste derrière lui. Julien, lui, reste un peu en retrait, à deux pas du rôdeur. Le Capitaine est hésitant.

— Qu'est-ce qu'on fait, maintenant ? leur demande-t-il.

Le corps basculé en avant, il se raidit au maximum pour capter le moindre bruit en provenance du sous-sol. Mais il n'entend rien. D'un geste agacé, il intime l'ordre à tout le monde de se taire même si personne n'a parlé. Quelques secondes encore, aucun bruit. Toujours pas décidé à descendre, Marc se racle la gorge et lance :

— Hé, oh, Édouard ! Ça va, mon pote ? Y a un problème ?

Les trois femmes le rejoignent, collées les unes aux autres, comme des inséparables effarouchés. À leur arrivée, Julien leur cède sa place et s'éloigne un peu.

Toujours aucune réponse. Alors Marc se lance et pose le pied sur la marche suivante, avec prudence, comme si un mécanisme mortel pouvait être enclenché à tout moment. Il réitère son appel, la voix grimée d'une colère qui peine à dissimuler sa peur.

— Bordel, Édouard ! Arrête de faire le con, réponds ! C'est pas drôle. Tu nous fais carrément chier, là ! Qu'est-ce que tu fous ? Y a un problème ?

Sylvie, déboussolée, demande à Julien ce qu'il se passe en murmurant. Mais il ne répond rien, trop attentif à ce qu'entreprend Marc.

Encore une poignée de secondes. Le Capitaine, de plus en plus mal à l'aise, inspire profondément et descend lentement sur la troisième marche. Aussitôt, Édouard apparaît. La manche de sa chemise déchirée au niveau de l'épaule droite est maculée de sang. Du même côté, sa joue est profondément griffée, trois entailles rouge vif très nettes. Il est d'une pâleur extrême.

Marc laisse échapper un grognement de stupeur et recule brutalement, manquant de tomber à la renverse. Il est retenu *in extremis* par Tony, qui le suit comme son ombre. Derrière eux, Sylvie pousse un cri d'effarement, tandis qu'Agathe plaque une main sur sa bouche pour étouffer une plainte d'effroi. Claire ne parvient pas à faire le point sur ce qu'elle ressent. Comme si tout ce qui était en train de se dérouler était évident – ou prévisible – quand bien même c'est effrayant. Édouard s'arrête net, interloqué, furieux.

— Non, mais c'est pas vrai ! Qu'est-ce que tu fais là, Marc ? Qu'est-ce que vous faites tous là ?!

Pris au dépourvu, Marc bredouille et se justifie piteusement :

— Mais enfin, Édouard, on a entendu un drôle de bruit... On était inquiets, tu ne répondais pas, alors je me suis dit que...

Édouard chasse d'un revers de la main ces explications et répète pour lui-même, à la fois moqueur et amer :

— On était inquiets…

Tout en poussant Marc sans ménagement pour continuer son ascension, il répond :

— Si je comprends bien, Marc, tous les prétextes seront donc bons pour ne pas faire ce que je te demande gentiment et en toute amitié. C'est insupportable, hein, pour toi, de ne pas tout maîtriser, d'être contraint, limité… Eh bien, quoi ? J'ai fait tomber un casier à bouteilles. Il était en équilibre, en hauteur, une connerie. Qu'est-ce que vous voulez que je vous dise ? Il m'est tombé dessus, et voilà le résultat… Ça doit vraiment vous mettre dans un état pareil ? J'avais jamais remarqué que vous étiez à ce point préoccupés par ce qui peut m'arriver. Ça a dû m'échapper pendant toutes ces années. Laissez-moi passer, maintenant ; je vais me changer et l'affaire sera entendue.

Animée par un professionnalisme sans faille qui lui a appris à prendre immédiatement le relais sans jamais interroger son état émotionnel, Claire s'avance.

— Attends, Édouard. Je peux voir ? Tu permets ?

Édouard hésite, se met un peu en retrait, mais ne parvient pas à esquiver l'approche calme mais volontaire de la jeune infirmière. Celle-ci pose délicatement sa main sur son épaule, dégage le tissu, puis tâte doucement sa joue, autour des griffures, qui ont déjà gonflé. Elle écarquille les yeux.

— Eh ben, dis donc, tu ne t'es pas raté ! C'est pas plutôt un chat qui t'a sauté dessus et griffé comme ça ?

Édouard dégage brusquement la tête.

— Un chat ? Pourquoi un chat ? Merci, Claire, pour cet avis médical pertinent, mais je suis encore assez lucide pour savoir ce qui m'est arrivé et pour me soigner tout seul. Tenez, voici une caisse pleine de bouteilles. Douze ! On fera en sorte que ce soit suffisant pour ce soir, d'accord ? Je vais me laver, changer de chemise et désinfecter ces égratignures. Et l'incident sera clos. Pendant ce temps, vous finissez de mettre la table. Agathe, ou Sylvie, ou Claire, ou qui vous voulez – je ne commande personne –, il y a de quoi préparer une belle salade dans le réfrigérateur. Vous pouvez vous en occuper ? Il faudrait également sortir le rôti et le laisser refroidir un peu avant de le couper. Oh, et puis vous êtes assez grands pour vous débrouiller, non ? Vous savez bien ce qu'il faut faire sans que je sois obligé de vous donner des instructions. Pour une fois ! Je reviens.

9

Une demi-heure plus tard, Édouard refait son apparition, habillé de neuf et très généreusement pansé. Tout le monde se retrouve enfin autour de la table. La perspective de ce repas pantagruélique met en joie la petite troupe, suffisamment éprouvée pour la soirée. Agathe coupe de grosses tranches de pain, Marc ne laisse aucun verre vide, on fait passer les assiettes, et on se répartit les tâches pour servir les accompagnements. Bien vite, les voix se taisent, et la mastication prend les pleins pouvoirs. Quelques soupirs de soulagement. La bouffe. Enfin. Plein.

— C'est fameux, Édouard ! lance Marc, le contour de la bouche luisant de gras.

Tout le monde renchérit. Julien propose un toast pour fêter le début du week-end. En réalité, ce doit être le cinquième, mais personne ne rechigne à appuyer l'hommage. Ni à se resservir. Mais qui a vraiment faim ? Personne. Cet appétit vorace n'est qu'une façon de colmater un gouffre béant pour tenter, vainement, d'enterrer vivants leurs monstres intérieurs. À l'exception peut-être de Tony, qui a marché toute la journée et qui mange vite, trop vite, en jetant régulièrement des regards inquiets sur les plats qui se vident peu à peu, acquiesçant chaque fois qu'on lui propose une nouvelle part, même s'il n'a pas terminé son assiette.

Quand tous les creux, comme autant d'angoisses, sont comblés, les conversations reprennent. Agathe a un sérieux problème avec son fils aîné, Romuald, qu'elle soupçonne de fumer de l'herbe. Sylvie raconte en détail son dernier concert dans une chapelle, les vibrations, son extase quasi mystique, elle qui n'a jamais mis les pieds au catéchisme. Claire prévient qu'un jour, dans les hôpitaux, il n'y aura plus de personnel soignant compétent et motivé, et que ce ne sera pas faute d'avoir tiré la sonnette d'alarme, depuis des années déjà. Marc, coincé dans les années quatre-vingt, conseille à tous de se mettre rapidement à apprendre le chinois, parce que « l'invasion est à nos portes ». Édouard expose les caractéristiques gustatives du sauvignon et s'inquiète de la qualité croissante des vins étrangers, qui vont finir par détrôner les grands crus français. Julien, lui, se tait. Rien de nouveau. Il parle peu et parvient rarement à trouver une ouverture pour se lancer. Quant à Tony, repu et bercé par le ronron de ces discussions en roue libre qui se croisent sans jamais se rencontrer, il somnole sur sa chaise. En sécurité.

Édouard propose d'apporter le plateau de fromages. Tout le monde s'accorde à dire que ce sera juste par gourmandise. Parce que le pain est bon. Parce qu'il faut finir le vin. Tony se réveille au moment où Agathe débarrasse les assiettes pour en mettre des propres. Il semble ne plus savoir où il est, moment de confusion. Il fait le point rapidement, se redresse et s'excuse en bredouillant. Sylvie tente de le rassurer du regard.

Il se lève et cherche maladroitement à se rendre utile. Agathe se rapproche d'Édouard, yeux mi-clos, sourire moqueur, et lui chuchote à l'oreille :

— C'est moi qui me fais des idées ou notre Sylvie se le taperait bien, le randonneur ?

Édouard lève un sourcil, tord la bouche dans une moue dubitative – ou dégoûtée – et rit bruyamment, créant une complicité carnassière. Agathe est aux anges. Tout le monde se retrouve à table. Marc ouvre une autre bouteille, ses amis protestent mollement, tout le monde reprend du vin. Le plateau de fromages, imposant, passe de main en main. Louanges collectives et convenues des vertus revigorantes et authentiques de la campagne. Tony, bien réveillé, se sert généreusement. Agathe regarde Sylvie regarder Tony et ne peut s'empêcher de lancer :

— C'est beau à voir, hein, Sylvie, un homme qui mange de bon appétit ! Il paraît que c'est révélateur de *tous* ses appétits, si tu vois ce que je veux dire…

Elle pouffe comme une collégienne. Elle est saoule, bien entendu. Comme d'habitude. Elle qui n'a plus de vie sexuelle depuis des années n'éprouve aucune gêne à se moquer de celle, tout aussi misérable, de son amie. Sylvie détourne le regard. Du bout des lèvres, Marc demande à sa femme d'arrêter. Cette subite aspiration du Capitaine à la paix stimule instantanément son désir de confrontation.

— Ah ça ! Si ce n'est pas monsieur qui a fait un bon mot, ça ne vaut rien, pas vrai ? Faut se calmer et laisser le champ libre au bel esprit du Capitaine… Foutaises !

Elle s'arrête net, semblant soudain épuisée d'avance par le scandale qui couve en elle sans enthousiasme, et concède d'un geste las de la main sa défaite avant même le début du combat. Après avoir marmonné quelques excuses, elle va s'affaler dans le canapé. Marc adresse alors un regard insistant à Claire, qui comprend immédiatement. Agathe va dormir profondément cette nuit. Et comme Julien va sans doute se coucher plus tôt que sa femme, un créneau se libère. Marc regrette juste d'avoir trop bu. Faudrait quand même pas qu'il se loupe.

Consensus : pas de dessert. Pour les becs sucrés, un morceau de chocolat avec le café et les tisanes, ça devrait suffire. Ou alors avec une larme d'eau-de-vie du coin, pour découvrir.

Une heure du matin. Les paupières sont lourdes. L'alcool a bâillonné le peu d'énergie qui leur restait. Édouard tape dans ses mains, façon animateur de colonie de vacances.

— Bon, dites donc, ça sert à rien de s'entêter comme ça, à fondre dans les canapés. Je vous propose qu'on aille se coucher pour être à peu près en forme demain. C'est une journée splendide qui s'annonce. Ce serait dommage de passer à côté, pour une fois qu'on est au grand air. Allez, au lit. Je ne veux plus voir personne. Demain, tout le monde sur le pont vers 10 heures, ça vous va ? Petit déjeuner et balade. Tony, on verra comment se porte votre cheville. Et vous êtes toujours le bienvenu, quoi qu'il en soit. D'autant que je crois deviner que certaines ne sont pas insensibles à votre charme. Et puis, qui sait, avec les idées plus claires, j'aurai peut-être débroussaillé cette intuition de vous avoir déjà vu…

Tony, qui s'était une fois encore assoupi, n'a entendu et compris qu'une petite partie du discours d'Édouard. Abruti de fatigue, confus, inquiet de ne pas donner le change, il fait comme si de rien n'était, sourit le plus largement possible, un sourire forcé qui souligne ses traits durcis par l'épuisement, et remercie tout le monde de façon presque mécanique, avec en fond une étonnante pointe d'agacement. Comme s'il n'avait pas vraiment envie de leur exprimer cette reconnaissance. Marc et Claire se portent immédiatement volontaires pour ranger la cuisine et se retrouvent ainsi seuls. Après un bref coup d'œil en direction de la porte pour vérifier que personne ne les écoute, la jeune femme aborde le sujet qui l'obsède.

— On se retrouve au grenier ? On dirait que cette pièce a été faite exprès pour nous. Il y a tellement de bazar que, même si on dérange un truc ou deux, ça passera inaperçu. Et puis c'est très excitant, ce rendez-vous en pleine nuit dans les combles. Très romanesque, tu ne trouves pas ? Julien va s'endormir comme une souche, ta femme aussi, visiblement… Qu'est-ce qu'elle a bu ! C'est impressionnant, je ne m'y ferai jamais. Et toi, ça va ?

Marc vacille un peu. Il a, lui aussi, pas mal d'alcool dans le sang, mais il est impensable pour lui de laisser passer une telle occasion. En même temps, tout au fond de lui, derrière le brouillard de son ivresse, un souci embusqué ne lui donne pas pleinement accès à l'enthousiasme. L'insistance de Claire, cette fringale d'intimité, toute l'énergie qu'elle a déployée pour trouver une solution… lui font craindre le pire : elle doit être tombée amoureuse de lui. Et ça, ce n'est pas du tout envisageable. Pourtant, il a été transparent avec elle dès le début. Dès le début, il lui a expliqué qu'il n'y avait pas la moindre place pour une « histoire ». Et elle semblait d'accord. Soulagée, même, croyait-il.

Juste une aventure, un plan cul entre adultes qui ne se promettent rien. Il l'aime bien, c'est un très bon coup. Sa jeunesse et sa fougue le flattent et tiennent à distance sa peur de vieillir. Mais il n'a vraiment rien à se reprocher, il n'a jamais menti. Ils en avaient parlé avant même de coucher ensemble, au risque de compromettre ses chances de la baiser. Il ne cesse de se le répéter : il a toujours été très franc. Il admire chez lui cette franchise et il aimerait tant qu'elle soit pleinement reconnue comme l'une de ses qualités principales. C'est un homme courageux.

Propre, honnête, sans aucune ambiguïté. Il n'en connaît pas beaucoup, des gars qui ont son élégance. Aucun d'eux ne souhaitait quitter son conjoint, ils se l'étaient dit. Et cette position avait toujours été la même pour Marc, que ce soit vis-à-vis de Claire ou de ses autres conquêtes. Son mariage est un lent naufrage, il ne s'en défend pas. Et alors ? C'est le seul domaine dans lequel il n'a pas fait mieux que la plupart des gens. Mais, à y regarder de plus près, pas pire non plus. Il est satisfait de la famille qu'il a fondée et de la relation de camaraderie, même si elle est souvent vacharde, qu'il cultive avec son épouse. Une femme qu'il a follement aimée. Et dont il a été tout aussi follement aimé, il n'y a aucun doute. Le simple souvenir de cette passion partagée, même si elle s'est éteinte, parvient à entretenir l'illusion qu'Agathe est et restera « la femme de sa vie ». Ce qui, dans son esprit, n'a jamais été incompatible avec quelques aventures par-ci par-là, en restant discret et avare de sentiments. Il en a besoin. Mais rien que du sexe, des coups d'une nuit ou deux, jamais plus, et pas de liens entretenus.

Claire est la première exception à cette règle. C'est pratique, facile, et le fait que les conjoints soient dans les parages constitue une forme de rempart. Impossible d'aller trop loin, de se laisser déborder. Mais il n'aurait pas dû baisser sa garde et accepter que, d'une certaine façon, en couchant régulièrement ensemble, cette aventure devienne une relation. Il a vu trop d'hommes de son âge se laisser berner par le conte pervers du nouvel amour, promesse d'une seconde jeunesse. Un spectacle pathétique à l'issue pourtant parfaitement prévisible. Après avoir renoncé à tout ce qu'ils ont construit, ils se font larguer, cœurs brisés aux cheveux argentés, ridicules et souvent ruinés, grattant à la porte irrémédiablement cadenassée de l'épouse humiliée. Il en a froid dans le dos, rien que d'y penser. Tout ça uniquement parce qu'il ne se passe plus rien au lit avec Agathe et qu'il faut bien qu'il trouve une solution pour assouvir ses besoins. Il a presque envie de pleurer, là, de s'apitoyer sur son sort d'homme qui fait de son mieux, honnête, franc, qui n'a abusé de personne et qui est pourtant en passe de se faire avoir. Par Claire, si pressée, si pressante, en train de rompre leur accord et de le mettre en danger. Il faut qu'il réagisse vite, qu'il reprenne l'avantage, qu'il donne le rythme.

— Euh… Oui, ça va. Mais j'ai peut-être un peu forcé sur le vin, moi aussi. Je ne sais pas si c'est vraiment une bonne idée, pour ce soir…

Refuser de la sauter ! Il est fier de cette improbable réponse. Il se sent responsable, exemplaire, irréprochable. Il aimerait qu'Agathe l'entende, mais il se rend vite compte que cette pensée est stupide. En même temps, une colère sourde commence à monter. Il déteste se sentir effrayé comme ça, au point de sacrifier ce qui est bon pour lui et qui ne fait de mal à personne. Il faut arrêter avec toutes ces histoires de « tromperies », c'est d'une violence inutile.

Claire non plus n'en croit pas ses oreilles. Elle observe Marc, effarée par ce demi-refus, mais elle sent bien qu'il n'y croit pas vraiment. Elle comprend tout de suite que cette hésitation ne résistera pas à sa force de persuasion. Il est absolument hors de question qu'il se défile. Hors de question.

— Quoi ? Voyons, tu sais bien que rien ne pourra jamais te faire perdre tes moyens, dit-elle en empoignant fermement le sexe de Marc, qui a durci dès l'évocation de leur escapade au grenier. Preuve en main… Allez, ça suffit. Je gratterai à ta porte d'ici une heure, histoire de laisser à tout le monde le temps de plonger dans un sommeil profond. Reprends un café, va faire un tour, fais tout ce qui peut te remettre d'aplomb, et tiens-toi prêt. Je te promets que tu ne vas pas le regretter.

Au même instant, Édouard entre dans la cuisine. Claire fait brusquement un pas de côté pour s'écarter de Marc. Le visage cramoisi, celui-ci se met à bredouiller, se prenant les pieds dans un discours décousu.

— Super soirée, Édouard ! Ça… ça… commence bien, ce week-end. Bravo pour l'organisation. Parfois, je suis chiant, je sais, mais bon… Et puis désolé encore pour… pour… l'attitude de ma femme, tout à l'heure. Tu la connais, elle et ses gamins…

Édouard sourit. Comme un gros chat repu. Il laisse s'écouler quelques secondes nonchalantes et cruelles, comme un assassin tardant volontairement à appuyer sur la gâchette du revolver collé sur la tempe de sa victime terrorisée.

— Oui, oui, rien de nouveau… Ne t'en fais pas, Marc, je vous connais tous très, très bien. Je ne me formalise plus de rien. C'est préférable, non ? Merci, en tout cas, pour tes compliments. Je les savoure, ils sont si rares. Quoi qu'il en soit, tu as raison sur toute la ligne : ce week-end commence parfaitement bien.

Il a articulé exagérément chaque mot de sa dernière phrase, comme s'il voulait s'assurer qu'ils comprennent bien tout ce qu'il dit et sous-entend. Un court silence s'installe, durant lequel Édouard se contente de les regarder fixement en caressant doucement son pansement. Claire veut reprendre la main. Elle est persuadée qu'Édouard a vu qu'elle tenait le sexe de Marc. Elle doit agir maintenant pour détourner son attention, parler rapidement d'un autre sujet, comme si de rien n'était, et instiller le doute. Marc a tenté la même manœuvre, en choisissant le registre du compliment et des excuses. Mais elle, elle préfère celui de l'inquiétude et du soin. Elle sait d'expérience que c'est un puissant psychotrope chez l'être humain qui souffre d'une soif inextinguible de considération.

— Comment va ta joue, Édouard ? Tu sais, sans dramatiser pour autant, il faut rester attentif. Des plaies comme celles-ci, c'est préoccupant. Il y avait du fer sur la caisse ? Je ne me souviens plus si tu me l'as dit. Et si jamais c'était un chat, les griffes, c'est très sale. Il ne faut pas prendre ça à la légère. Si tu savais la quantité de…

Édouard sort de son silence et explose, excédé.

— Mais qu'est-ce que c'est que cette obsession pour les chats ? Ah, vous êtes bien assortis, tous les deux ! À ne jamais écouter ce qu'on vous dit, à ne tenir compte que de vos idées, à vouloir que les autres se conforment exactement à vos désirs… Vraiment bien assortis !

Et, sans attendre de réponse, Édouard part, furieux. *Vous êtes bien assortis, tous les deux ! Vraiment bien assortis !* Marc frémit. Claire ne lui laisse pas le temps de reprendre son souffle. Elle sent qu'elle va le perdre, qu'il va se défiler, que les derniers mots d'Édouard vont le faire basculer. Alors, sur un ton autoritaire et menaçant qui balaie toutes sortes d'hésitations, elle dit :

— Lorsque je gratterai à ta porte, tu sortiras. Autrement, je viens directement te chercher dans ta chambre, et tant pis si je réveille Agathe. Tu as bien compris, Marc ?

Sans lui accorder la moindre chance de réagir, elle s'éclipse à son tour. Marc est sonné, désorienté. Plus aucune tergiversation, il est urgent de mettre un terme à cette histoire. Dès la fin du week-end. Une dernière fois et on n'en parle plus. Décidément, ils se sont tous ligués pour le faire chier.

10

Deux heures du matin. Marc a bu trois tasses de café serré, marché une demi-heure dans la nuit fraîche et pris une douche brûlante. Il a retrouvé ses esprits et a observé sa femme sombrer dans un sommeil lourd et bruissant. Il est toujours fermement décidé à ne plus prendre aucun risque avec Claire et ses tocades romantiques. Mais, pour le moment, c'est son excitation sexuelle qui mène la danse. Dès qu'il entend le discret grattement à sa porte, il n'hésite pas à aller l'ouvrir. Claire, parfumée comme un rêve de harem, enveloppée d'une robe de chambre soyeuse qui laisse deviner son corps nu, l'accueille avec un grand sourire. Tandis qu'il ferme le plus silencieusement possible la porte derrière lui, tous deux sont agités d'un rire nerveux. Ils montent l'escalier sur la pointe des pieds. Parvenus au grenier, ils font rapidement l'état des lieux – Claire a pensé à emporter une lampe de poche – et trouvent, derrière un tas de vieux tapis, un petit coin poussiéreux mais confortable.

Marc n'a pas fait l'amour depuis la dernière fois qu'ils se sont vus. Trois semaines. Elle est belle, elle sent bon et il sait à quel point sa peau est douce. Il enlève d'un coup sec l'attache de son pantalon de pyjama et, sans plus de cérémonial, retrousse la robe de chambre de Claire. Celle-ci se laisse faire, n'en demande pas plus. Qu'il choisisse et impose son rythme lui convient parfaitement. Visiblement, Marc non plus ne souhaite pas que ce moment s'éternise. Parce qu'il a terriblement envie d'elle, parce qu'il a peur de se faire coincer, parce qu'il pense que c'est une bonne façon de lui signifier son souhait d'en finir. Parce qu'elle n'a pas envie de lui, parce qu'elle ne veut surtout pas que les autres apprennent ce qu'il s'est passé entre eux, parce qu'elle pourra plus facilement lui signifier son intention de tout arrêter après ce moment qui s'annonce bâclé et insatisfaisant. Il la prend debout, contre la cloison en bois. Un soupçon de honte. C'est cavalier, brutal. Cinq coups de reins puissants, sans douceur. Elle reste totalement passive. Il jouit et grogne. Elle étouffe un hoquet à la signification incertaine. C'est fini. Il la pose par terre et s'assied à ses côtés, le sexe pendant. Triste et à bout de souffle. Il ne peut s'empêcher de dire :

— Désolé, Claire, ç'a été rapide. Je suis…

Elle se raidit subitement et, les yeux écarquillés, écrase sans ménagement une main sur la bouche de Marc avant qu'il ne termine sa phrase.

— *Chuut*… Tais-toi. Écoute… J'ai l'impression qu'il y a quelqu'un dans le grenier.

Immédiatement, dans un mouvement de panique aussi maladroit qu'excessif, Marc se jette de tout son long sur le sol pour tenter de se dissimuler entièrement derrière le tas de tapis. Tout en essayant de réajuster son pantalon, toujours entortillé autour de ses chevilles. Tous les sens en éveil, il n'entend que les rugissements de l'adrénaline, qui gronde des ordres rageurs dans ses artères. Le temps s'écoule lentement, comme un sirop lourd et brûlant. D'innombrables craquements de bois, comme autant d'explosions, font sursauter chaque cellule de leur corps et retiennent en otage leur respiration. Mais rien de concret, rien de reconnaissable. Juste une sensation, un souffle, une présence. Qui les fige comme des statues de sel, pendant un temps qu'ils ne parviennent pas à évaluer, jusqu'à ce qu'ils se sentent enfin capables de bouger de nouveau. C'est Claire qui se redresse la première, et annonce, sans l'once d'un doute dans la voix, avec juste une pointe d'ironie :

— J'ai dû rêver. C'est tellement bruyant, ces vieilles baraques. Et ça doit l'être encore plus quand on a mauvaise conscience… Pour revenir à ce que tu disais, ne t'inquiète pas, Marc. Je ne voudrais pas te faire de la peine, mais je crois que ça ne colle plus entre nous. Cette… Je ne sais pas comment l'appeler… Ce coup vite fait, mal fait, c'est un symptôme, soyons honnêtes. J'espère vraiment que tu ne vas pas mal le prendre, mais je crois qu'il est préférable qu'on mette fin à notre... relation. Un dernier round demain, si tu veux, en souvenir du bon vieux temps ? Je suis certaine que ce sera super, parce qu'on saura que c'est la toute dernière fois. Mais après, on arrête et on oublie. Rien de personnel, hein, tu le comprends bien ? Tu es un type extra, et j'ai toujours pris mon pied, enfin jusqu'à ce soir… Allez, fais pas la tête, je rigole ! Mais là, ça devient trop… Je ne sais pas comment dire… Trop bizarre… Rien de dramatique, on le savait dès le début. Tu as été très transparent, et j'ai toujours été d'accord avec toi. Ce qui ne devait être qu'une passade a finalement duré trop longtemps. Il est temps d'y mettre fin.

Marc est scié. Sans voix. Vexé. Épouvanté. Tétanisé. Les hurlements d'agonie de son amour-propre – c'est lui qui veut rompre, bordel ! C'est lui qui doit prendre l'initiative de la rupture, pas elle, personne ! – couvrent à peine les cris d'effarement de son esprit outré. Comment une chose pareille est-elle possible ? Elle présentait pourtant toutes les apparences d'une femme amoureuse dont il devait, lui, se débarrasser, il y a seulement quelques heures ! Marc perd pied.

Claire pense qu'il est sous le choc de la rupture. Déçu, triste, abattu. Dans d'autres circonstances, cela pourrait l'attendrir, mais là, rien, absolument rien ne la fera revenir sur sa décision. Profitant de ce silence sidéré, elle renchérit d'une voix à la fois ferme et cajoleuse :

— Marc, voyons, il faut être raisonnables. Ça va finir par se savoir, toute cette histoire. Tu as entendu comme moi la remarque d'Édouard tout à l'heure dans la cuisine : « Vous êtes bien assortis, tous les deux. » Ça ne veut peut-être rien dire mais, vu notre situation, il faut demeurer vigilants. Ceci dit, je trouve le comportement d'Édouard préoccupant. Tu sais, je reste persuadée que les blessures sur sa joue ne sont pas des égratignures. Elles ne sont pas dues à une chute de caisses – ou de je ne sais quoi d'autre. Ce sont bel et bien des griffures. Je ne comprends pas pourquoi il s'est énervé comme ça chaque fois que j'ai parlé d'un chat. Et puis c'est quoi, cette interdiction de descendre à la cave ? Toi qui le connais mieux que moi, tu crois qu'il nous cache quelque chose ?

Avec une désinvolture incroyable et une agilité d'acrobate de très haute volée, Claire vient de changer de sujet, comme lors de n'importe quelle conversation à bâtons rompus, sans même attendre que Marc exerce son droit de réponse sur ce sujet intime qui le concerne directement. Avis facultatif. On s'en fout. Passons rapidement à autre chose de plus intéressant. Personne ne lui a jamais fait ça. Personne ! Il doit reprendre la main immédiatement, s'imposer et réorienter avec force cette conversation – en ayant peut-être même recours à une menace impalpable mais inquiétante – pour que Claire comprenne que c'est lui qui revendique cette séparation. Hors de question qu'elle imagine une seule seconde qu'il est la victime et qu'elle l'a largué. Pas une seule seconde ! Alors il se lance, même si sa pose d'odalisque affalée, toujours à moitié nu, ne rend pas vraiment crédible une posture qu'il souhaiterait catégorique et arrogante.

— Écoute, Claire, les tocades d'Édouard, ses égratignures et tout ce bordel, j'en ai rien à foutre. On va d'abord clore le chapitre principal : ta fameuse « envie » d'en finir. Et rendre à César ce qui appartient à César, parce que je n'aimerais pas qu'il y ait une confusion. Je suis impressionné... Si, si, je t'assure, très impressionné... par ta finesse de jugement, ta réactivité, la franchise de ton expression. Décidément, ce pauvre Julien choisit toujours des femmes bien au-dessus de ses moyens. Quoi que Sylvie... Sylvie, c'est l'exception qui confirme la règle. Mais, bref, ce n'est pas le sujet. Tu vois, ma petite Claire, je ne savais pas très bien comment te l'annoncer. Je voulais préserver ta sensibilité et éviter que cela constitue, même vaguement, un échec dans ta vie. Un de plus. Je sais que ça n'a pas toujours été facile pour toi… Mais, vois-tu, ça fait bien longtemps – bien plus longtemps que toi, j'en suis certain – que je me suis rendu compte de notre totale incompatibilité. J'espère, je le redis, que je ne te blesse pas. Bien entendu, j'aurais pu en profiter encore un peu, parce que c'est vrai que c'est plutôt agréable, je te rejoins sur ce point. Mais ça n'aurait pas été honnête. Tu aurais pu finir par te faire des films, t'imaginer des rebondissements romantiques, surtout quand on voit l'état de ce pauvre Julien, qui ne doit pas être le mari idéal… Ce que je ne veux pas, c'est être, une fois encore, celui qui déclenche chez une femme liée à Julien le désir de le quitter lorsqu'elle découvre, avec moi, qu'elle peut vivre quelque chose de plus… palpitant. Comme ce qui s'est passé avec Agathe quand nous étions jeunes. C'est pour ça que, ce soir, j'ai fait en sorte de tout bâcler. Et j'en suis désolé, parce que je sais que c'était vraiment merdique, mais c'était fait exprès. Je voulais t'amener à réaliser par toi-même qu'il était préférable d'en finir. Et tu as tout compris, c'est merveilleux ! Tu as très bien réagi, je suis fier de toi. Et je suis fier de nous, même. On s'est comportés en adultes responsables, on a réussi à se dire les choses directement, sans se blesser. Du moins, vraiment, je l'espère de tout cœur.

Claire ouvre grand les yeux et bâillonne un énorme éclat de rire. Quel soulagement ! Asphyxiée par le dégoût profond que Marc lui inspire, ce n'est pas, en réalité, la première fois qu'elle a pris la décision de tout arrêter. Mais, chaque fois, la force quasi irrésistible de ce désir de donner un enfant à Julien lui a fait dépasser cette répulsion, en la niant, en l'étouffant, quitte à en être malade. Elle connaît donc la fragilité de ses décisions… jusqu'à ce soir. Assister à cette pathétique tentative de reprise de contrôle, contempler le visage bouffi et le sexe flasque à moitié sorti d'un pantalon de pyjama d'une laideur à peine concevable de cet homme engoncé entre une pile de tapis crasseux et un entassement de vieilles valises vient de la prémunir définitivement contre tout risque de retour en arrière. Alors, sans rien ajouter, elle se lève et sort du grenier, dans un silence assourdissant de mépris.

Prenant pleinement conscience de la scène, Marc ne peut s'empêcher, un bref instant, de se trouver grotesque. Et pour se débarrasser rapidement de cette pensée inconcevable, il la jette en pâture à une immense et féroce colère qui fond, gueule grande ouverte, sur tout le monde. Claire, Julien, Édouard, sa femme, tous ces connards, ces minables, ces petites crevures qui passent leur temps à le juger, à lui dire ce qu'il faut faire, ne pas faire, à remettre en question tout ce qu'il dit, lui, le Capitaine, sans qui leur vie serait encore plus minable qu'elle ne l'est déjà. Merde ! C'est un comble ! Si au moins Claire avait protesté, si au moins elle l'avait traité de sale con ou de salaud, qu'importe, si au moins elle lui avait offert la possibilité de se débattre avec ses mots, avec sa rage, pour lui montrer à quel point il est fort, à quel point il a raison, toujours, à quel point c'est lui qui décide, tout le temps. Mais rien de tout ça. Juste le silence, ce regard vaguement narquois et ce départ calme qui ne ressemble en rien à une fuite, juste l'expression d'une volonté manifeste de passer à autre chose, au plus vite, sans gaspiller son temps précieux.

Humilié ? Lui ? Ah non, impossible ! Claire est une folle. C'est une gamine qui ne sait pas ce qu'elle veut, une pauvre fille… Marc donne un coup de poing rageur dans les tapis. Un épais nuage de poussière s'en échappe et le fait tousser. Et voilà qu'il s'est fait mal à la main. Il étouffe un sanglot. Une dernière fois avant la fin du week-end ? Mais pour qui elle le prend ? Il ne lui fera certainement pas ce plaisir ! C'est lui qui décide ! Elle aura beau revenir en se confondant en excuses, en suppliant, il ne lui donnera rien.

Toujours prudent malgré sa fureur, Marc attend quelques minutes avant de redescendre l'escalier en catimini. Il avale plusieurs verres d'eau dans la cuisine. L'alcool, la poussière, le sexe et la colère l'ont déshydraté. Tony ronfle sur le canapé. Un bref instant, Marc se prend à l'envier. Libre et sans complexité. Deux jambes et un sac à dos. Visiblement personne pour l'emmerder.

En empruntant le couloir pour retourner dans sa chambre, il ne peut s'empêcher de poser son regard sur la trappe qui mène au sous-sol. Pourquoi tout le monde, sans exception, se met-il à le traiter comme un pauvre type, facile à manipuler ? Claire et sa soi-disant rupture. Édouard et ses interdits de maître d'école. Alors que c'est lui, le Capitaine. Il n'aurait pas le droit d'aller à la cave ? Sans aucune raison, juste un ordre qui claque ? Il devrait obtempérer, et même s'excuser d'avoir posé un pied dans l'escalier en début de soirée parce qu'il s'inquiétait pour Édouard ? Non mais et puis quoi encore ?

Galvanisé par les hurlements d'encouragement de son ego écorché vif, Marc s'approche de la trappe et, sans hésitation, la soulève d'une main. Elle grince un peu, mais qu'importe. À cet instant, aveuglé par la colère, il n'a aucun problème avec l'idée de réveiller toute la maisonnée. Ça lui plairait, même.

Pas de lumière. Tant pis. Marc bénéficie d'une excellente vision nocturne. Il trouvera bien un interrupteur en bas. Il descend quelques marches, suffisamment pour pouvoir refermer la trappe derrière lui. Odeur suave d'humidité tiède. À tâtons, il arrive en bas de l'escalier. Il prend son temps. Hors de question qu'il tombe ou qu'il casse quoi que ce soit. Presque involontairement, il se met à sourire, envahi par une joie rageuse et triomphale. Voilà ! Il est dans l'endroit interdit uniquement parce qu'il en a décidé ainsi. Mais cet accès d'enthousiasme est de courte durée. Il peine à trouver l'interrupteur espéré, sa main ne rencontre que le mur rugueux, et sa respiration commence à s'accélérer. Il doit impérativement se calmer. Enfant, il était terrifié par la perspective de devoir descendre dans la cave de la maison familiale. Son père le sollicitait souvent pour remonter toutes sortes d'objets qui semblaient y avoir été entreposés à dessein. Le petit Marc, obéissant et orgueilleux, ne rechignait jamais à s'exécuter, même s'il était aussitôt envahi par une peur explosive. C'était à chaque fois un exploit, une longue descente en enfer et en apnée, qui pouvait prendre plus d'une demi-heure et qui le vidait de toute son énergie pour le reste de la journée. C'était une fierté pour lui et une honte pour son père. Jusqu'au jour où ce dernier, écœuré par cette angoisse qu'il trouvait indigne de sa lignée, ferma la porte à clef derrière Marc après avoir pris soin de couper l'électricité afin d'imposer à son fils un séjour de plusieurs heures dans le noir, au cœur même de sa terreur.

Marc se met à suffoquer. Il fait glisser fébrilement et de plus en plus vite ses mains sur le mur, s'accroche à un clou et se blesse à l'index, avant de tomber, enfin, sur l'interrupteur, au moment où l'obscurité autour de lui commence à se moucheter de points de lumière et que la nausée monte comme une marée boueuse. La respiration courte et haletante, il allume. Ferme les yeux pour tenter de retrouver son calme. Il ne veut laisser aucune place à ce souvenir d'enfance. Aucune. Il n'a plus peur, c'est fini, c'est réglé. Son père a fait ce qu'il fallait pour le libérer de cette faiblesse insupportable. Ce dernier a toujours su ce qu'il fallait faire. Il était juste et ferme, et non dur, voire cruel, comme l'avait toujours prétendu Agathe, qui avait systématiquement refusé de laisser leurs enfants seuls avec lui. Cela avait été, jusqu'à sa mort, un sujet permanent de conflit. Et pourtant, sans ce séjour forcé dans la cave, il serait comme un con, recroquevillé dans un coin à pleurer comme un gosse. Alors que maintenant, il est là, debout, déterminé à montrer à Édouard que personne ne lui donne d'ordre.

Mais il a du mal à retrouver son calme, son cœur bat fort et douloureusement dans sa poitrine. Il est obligé de s'asseoir un moment sur les marches. Pour lui, ça ne fait aucun doute : sa fébrilité est à mettre sur le compte de l'alcool, du long trajet en voiture, du comportement hallucinant de Claire et de celui, insupportable, d'Édouard. Sans oublier ce Tony, sorti de nulle part. Il parvient finalement, avec peine, à concentrer son attention sur la pièce, qui se dévoile sous la lumière crue du plafonnier. Des casiers remplis de centaines de bouteilles de vin, un petit établi poussiéreux, sans outils. Rien de spécial si ce n'est l'impression de se retrouver dans le sous-sol d'un caviste. Et, surtout, pas la moindre trace de caisses renversées ni la moindre odeur de vin récemment répandu sur le sol.

Soudain, l'attention de Marc, vacillante comme la flamme d'une bougie, est attirée par une porte au fond de la pièce. Une porte blindée flambant neuve qui contraste avec la vétusté poussiéreuse du lieu. Équipée de deux serrures, elle aurait toute sa place dans le sous-sol d'une banque. La superficie de la cave égalant celle de la maison, la partie dans laquelle se trouve Marc n'en couvre que la moitié. Derrière ce blindage inexpugnable, se trouve forcément une autre pièce tout aussi grande. Marc ricane. Il imagine bien Édouard y cacher ses meilleures bouteilles, ses crus d'exception. Il connaît la générosité forcée de son ami. Il sait que, sous ses airs de grand prince, se cache un avare égoïste qui supporte mal les largesses de ses hypocrites libéralités. Et ça fonctionne : tout le monde pense qu'Édouard est un exemple de partage, ce qui rend Marc fou de rage. Mais il sent que cette fois-ci, il va l'avoir, sa preuve. Enfin ! Évidemment qu'il refuse qu'ils viennent dans sa cave ! Sinon tout le monde lui demanderait ce qui se cache derrière cette porte, et il serait obligé de dévoiler les trésors qu'il garde pour lui. Bien meilleurs – de loin – que ce qu'il leur « offre » soi-disant sans compter. Marc jubile, mais il doit jouer finement et ne laisser la place à aucun doute.

Il s'assure d'abord qu'aucune ampoule rouge ne surplombe la porte. Une dizaine d'années plus tôt, Édouard s'était entiché de photographie. Il avait même fait installer un petit laboratoire dans son appartement. Il n'avait jamais montré à ses amis le fruit de son travail et, aussi rapidement qu'elle avait éclos, cette passion s'était éteinte. Peut-être que, finalement, il a continué ici, avec tout cet espace disponible. Mais l'absence de lumière au-dessus de la porte permet de balayer cette hypothèse. Marc commence à anticiper sa victoire avec la joie carnassière d'un fauve qui va terrasser sa proie. Il s'approche précautionneusement de la porte pour voir s'il peut l'ouvrir. Pas de poignée, deux serrures plates différentes, donc deux clefs. Rien que ça ! Ce qui se trouve derrière doit être précieux. Il jette un coup d'œil pour vérifier que les clefs ne sont pas suspendues quelque part. Puis il soulève quelques caisses, une vieille couverture toute mitée posée sur le sol... Sans conviction et sans succès : il ne parvient pas à imaginer Édouard aussi imprudent. C'est donc bien à cause de cette porte et de ce qui se cache derrière qu'ils n'ont pas le droit de descendre.

Marc est aux anges : il va reprendre la main. En dévoilant à tous ses amis l'avarice grimée de générosité frelatée d'Édouard. Mais l'air suffisant de ce dernier et cette remarque déplacée dans la cuisine sur lui et Claire lui reviennent en mémoire et l'invitent à favoriser une stratégie de dissuasion plutôt que d'écrasement. Un secret contre un autre, une manœuvre de diplomate plutôt qu'un combat de coqs assoiffés de sang. Ce rappel à la raison gâche un instant son plaisir, mais l'emporte, avec un léger regret. Inutile donc, pour le moment, de tenter d'ouvrir la porte.

Alors qu'il s'apprête à remonter, il est traversé par une étrange sensation, comme lorsque, en partant de chez soi, on a l'impression d'avoir oublié quelque chose sans savoir quoi, si ce n'est que c'est important. Alors

Marc se retourne et s'approche à nouveau de la porte pour y coller son oreille. Son visage se décompose aussitôt. Il s'écarte brusquement, comme s'il venait de recevoir une décharge électrique, et tombe à la renverse. Les traits brouillés d'effarement, les yeux exorbités, il pousse un cri silencieux.

11

Dans sa chambre, Sylvie se réveille en panique, avec l'impression de se noyer. Sur sa bouche, la pression ferme d'une main moite. Au-dessus d'elle, une silhouette se découpe. Elle étouffe un hoquet douloureux, sa salive fait fausse route, ses poumons brûlent, la prise sur son visage se fait plus forte.

— Calme-toi, Sylvie ! N'aie pas peur, c'est moi, Édouard. Chut, tu vas réveiller tout le monde !

Oui, c'est lui, évidemment… Elle reconnaît son odeur, rance et acide, que son parfum ne parvient jamais à masquer complètement. Elle est prise d'un léger étourdissement qui ne lui accorde que quelques trop courtes secondes d'inconscience. Ce n'est pas un cauchemar, il est là, pesant de tout son poids sur elle, le regard fixe, brûlant de haine.

— Je vais retirer ma main, tout doucement, mais tu me promets de ne pas crier ? Sinon je vais devoir être beaucoup moins délicat. Tu comprends ce que je dis ? OK, c'est bien. Enfin quoi, ma puce, qu'est-ce qui t'arrive ? Tu as la trouille de moi, maintenant ? Décidément, on aura tout vu !

Édouard prend sa fameuse intonation, à la fois outrée et dédaigneuse, qui ne cherche même pas à masquer la menace. Dans la pénombre, Sylvie aperçoit ses dents blanches, qui dessinent un sourire carnassier. *Enfin quoi, ma puce, qu'est-ce qui te prend ?* Dans sa tête, elle s'entend répondre avec véhémence, sans la moindre peur : elle le traite de dingue, de la réveiller comme ça, en pleine nuit, elle lui intime l'ordre de dégager sur-le-champ, parce qu'elle va effectivement crier et réveiller tout le monde afin que chacun prenne la mesure exacte de sa perversité. Mais aucun mot ne franchit la barrière hermétiquement close de ses lèvres scellées par l'angoisse. Elle est tétanisée. Les mauvais souvenirs ligotent son système nerveux plus sûrement et plus serré que n'importe quelle corde, que n'importe quels nœuds. Ces souvenirs à la fois incertains et impérieux, parfois perdus dans le brouillard de l'anxiété, fuyants et impuissants à conserver une forme nette. Ces souvenirs qu'elle ne partage avec personne et dont, parfois, elle finit même par douter, à force de leur intimer le silence, à force de les repousser au-delà de la mémoire. Toutes les fois où ils ont couché ensemble.

Elle avait pourtant sincèrement cru l'aimer. Elle veut tellement croire en l'amour… Elle disait qu'ils s'aimaient « à leur façon », incapable d'expliquer ce que cela signifiait lorsque l'une de ses amies du groupe de musique voulait en savoir plus. Pourtant, personne n'était dupe, et certainement pas les deux principaux intéressés. S'ils avaient vécu des moments agréables en discussions, promenades, dîners ou spectacles partagés, ce qui se passait dans le secret de leur intimité était épouvantable. Ces interminables et pénibles séances pendant lesquelles il s'escrimait sur elle, comme si elle n'était qu'un territoire à annexer coûte que coûte, la pénétrant sans ménagement, provoquant plus d'une fois d'atroces brûlures. Besognant, pestant, éructant des ordres pour qu'elle s'active de telle ou telle manière, qu'elle prenne telle ou telle position, dont certaines totalement humiliantes. Sans qu'elle proteste une seule fois. Quand il jouissait enfin, il hurlait, comme de rage, roulait sur le côté et lui tournait le dos, brûlant de mépris. Quand il n'y parvenait pas, il se retirait brutalement, se levait du lit en égrenant un chapelet de grossièretés dont elle n'avait jamais vraiment su si elles lui étaient destinées. Si elle était chez lui, il lui demandait sèchement de se barrer, et elle obtempérait, saoule de frustration et encore endolorie par les efforts pleins de hargne de son amant. Le lendemain, elle recevait systématiquement un somptueux bouquet de fleurs avec toujours le même mot : « Désolé. » Jamais ils n'en reparlaient et, quelques jours plus tard, ils recommençaient.

Au bout d'un an, Édouard avait pris d'infinies précautions pour rompre, comme s'il craignait de la blesser. Sylvie avait étouffé une immense bouffée de soulagement et avait feint d'en être un peu peinée, pour ne pas le vexer, ne pas le mettre en colère. Surtout pas. Elle avait enfin retrouvé son souffle, comme après une interminable apnée qui avait bien failli lui coûter la vie, sans qu'elle s'en rende compte. « Restons bons amis », avait été la phrase aussi factice que cruelle qui avait mis fin à son calvaire. Un traumatisme dont elle n'avait jamais voulu prendre la pleine mesure, ni celle de l'impact délétère qu'il avait eu sur elle.

Et le voilà à présent pesant de tout son poids sur elle, crachant des mots de dégoût, menaçant, son haleine aigre lui piquant les yeux. Sylvie est immobilisée autant par la force de son assaillant que par le clou chauffé à blanc de sa panique qui transperce son plexus et la crucifie.

— Ça te dirait qu'on remette ça, juste pour cette nuit ? Histoire de se sentir un peu moins seuls pendant quelques heures, de s'offrir l'illusion que quelqu'un compte pour nous.

Quelques heures… Elle sait parfaitement ce qu'il veut. Elle sait que, quelle que soit sa réponse, il s'imposera. Il prendra ce qu'il désire et disposera d'elle comme bon lui semble. Comme tant d'autres l'ont fait avant lui. Et comme tant d'autres le feront encore. Elle refuse d'y voir un problème. Elle refuse de mettre le moindre mot sur ce qu'elle vit. Sur cette violence, cette prédation. Le déni est son seul espace de liberté et elle y tient désespérément. Que gagnerait-elle à être lucide ? Davantage de douleur sans avoir les moyens de se défendre ?

Bien entendu, elle ne souhaite pas qu'ils « remettent ça juste pour cette nuit ». Surtout pas. Si Sylvie se laisse à ce point absorber par la musique, c'est parce que sa beauté désincarnée et absolue, la force enchanteresse de sa perfection, la transcendance immédiate de l'harmonie sont seules à pouvoir laver la répugnance qu'elle a d'elle-même. Sylvie la boueuse, Sylvie la pouilleuse, Sylvie la salope qui se laisse souiller. Sans rien dire. Non, sans l'ombre d'un doute, elle ne souhaite pas qu'ils remettent ça. Mais à force d'avoir tout accepté, tout ravalé, tout enfoui, elle s'est privée du droit de protester. Et il est illusoire de penser que ce droit lui sera un jour restitué. Car, pour cela, il faudrait que ceux qui profitent de sa soumission, de son silence, pour la baiser à loisir abandonnent cette prédation sans limite et sans condition. Alors elle ferme les yeux et attend. Quelques secondes d'immobilité qui viennent nourrir sa terreur. Et finalement, Édouard desserre sa prise, se pousse sur le côté et s'assied à côté d'elle.

— Ma pauvre Sylvie ! Ma pauvre, pauvre Sylvie ! C'est pathétique. Des siècles d'aliénation incarnés dans un seul corps, un seul esprit totalement anéanti... Non, bien sûr qu'on ne va pas remettre ça. Je ne suis pas complètement masochiste ! C'était tellement navrant...

Tandis qu'il se redresse, il laisse échapper un rire cruel et dédaigneux.

— Par contre, je me dis que tu ne te montrerais pas aussi réticente à te faire sauter par le beau Tony, pas vrai ?

Il a de nouveau rapproché son visage du sien. À quelques centimètres, son souffle chaud et aigre lui coupe la respiration et réactive sa peur panique. Même s'il a affirmé qu'il ne voulait pas d'elle, tant qu'il est encore dans sa chambre, tout peut advenir. Il peut changer d'avis sans crier gare et la plaquer sur le lit. Une fois encore. Sylvie reste parfaitement silencieuse et immobile. La sidération, la stratégie immémoriale de survie des proies.

— Ça fait combien de temps que tu t'es pas fait baiser, ma vieille ? Tu veux que je te dise : comme ça, à vue de nez... depuis beaucoup trop longtemps. Tu te souviens de nous ? Tu te souviens comme c'était merdique ? Et tu ne t'es jamais demandé pourquoi ? Tu n'as jamais essayé de comprendre ce qui s'était passé ? Si je n'avais pas rompu, je me dis qu'on serait encore ensemble, à entretenir cette relation effroyable. Mais on s'en fout, hein ? Visiblement, la dernière chose dont tu aies envie, c'est de comprendre.

Et ce qu'elle craignait arrive. Il bascule à toute vitesse sur elle, lui bloque les bras et la force à écarter les jambes en glissant l'une des siennes.

— Tu veux que je dise à Tony de venir te prendre ? Je suis certain qu'il n'y verra aucun inconvénient. Il a l'air d'être un solide gaillard, plein de vie, d'appétits et d'illusions. Dans le noir, sans voir ta sale gueule, tu feras parfaitement l'affaire. Ça te dit, on fait comme ça ? Je lui demande de venir te rejoindre ? Je le préviens que tu l'attends ?

Sylvie est paralysée. Elle a l'impression qu'elle ne retrouvera plus jamais l'usage ni de son corps ni de la parole. Édouard pèse de tout son poids sur elle. Son genou contre son pubis lui fait mal. Effrayée, elle parvient à peine à respirer. Il crache ses mots avec force et précision, comme autant de petits morceaux de verre coupants. Elle ne peut plus rien faire, les quelques idées qu'elle réussit à grand-peine à façonner se délitent immédiatement, dissoutes dans la terreur. Ça y est, ça recommence. Elle perd pied, elle est à sa merci. Elle va bientôt devenir étrangère à elle-même pour être capable de supporter le supplice à venir. Pour ne pas prendre le risque de se défendre et de vivre des souffrances encore pires. Pour ne rien empêcher, ne rien freiner, afin que sa torture prenne fin le plus rapidement possible. Puis d'un coup, alors qu'elle a fermé les yeux et que sa résignation commence à diffuser dans son corps sacrifié une forme dégradée de sérénité, Édouard se redresse et la libère. Il la fixe, puis lui tapote la joue presque avec tendresse et soupire.

— Ma pauvre Sylvie... Allez, j'arrête. Ce n'est vraiment pas juste. Tu es loin d'être la plus mauvaise. Excuse-moi. Mais bon, on n'est plus des mômes. Tu sais aussi bien que moi que ça ne rapporte pas grand-chose d'être juste. Au contraire. Allez, « restons bons amis », comme d'habitude. Bonne nuit et à demain matin.

Sans attendre de réponse, Édouard quitte la chambre sur la pointe des pieds, comme s'il prenait un soin particulier à ne pas la déranger. Ne pas la réveiller. Ne pas la sortir de ce mauvais rêve éveillé. Sylvie retrouve ses sensations, son corps marqué par l'empreinte de celui, lourd et anguleux, d'Édouard. Elle se rend compte qu'elle est couverte d'une sueur glacée et collante qui a trempé sa chemise de nuit, remontée jusqu'au-dessus de son ventre. Elle se trouve répugnante, dégoûtante, hideuse. Toujours immobile dans son lit, elle tente de se persuader que tout s'est plutôt bien passé, que cela aurait pu être pire. Mais elle sait aussi qu'elle ne va pas parvenir à dormir. L'hypervigilance va rester à son chevet et l'empêcher de se laisser emporter par le sommeil, malgré l'épuisement. Édouard pourrait revenir, et même inviter Tony à se glisser sous ses draps. Alors elle laisse ses pensées prendre le relais. Des pensées de mort et d'effroi pour nourrir sa terreur et éviter que cette dernière ne l'engloutisse.

12

Tandis que Claire retourne le plus silencieusement possible dans sa chambre, en respirant à peine pour ne pas troubler le sommeil de Julien, elle trouve celui-ci parfaitement éveillé. Il lit. Elle se souvient pourtant l'avoir laissé profondément endormi. Une bouffée de panique manque de lui faire perdre l'équilibre, mais elle sait se contrôler à une vitesse qui force l'admiration. Et sa stratégie reine, lorsqu'elle se sent déstabilisée, c'est de prendre l'initiative de la discussion pour annexer le terrain la première et en imposer le sujet.

— Eh bien, mon chéri, il y a quelque chose qui ne va pas ? Tu es comme moi, tu as du mal à digérer ? J'ai un truc qui ne passe pas, il n'y a rien à faire. Il faut dire qu'avec ce repas lourd et pris si tard, après ce trajet à n'en plus finir et ces engueulades à répétition, ça n'a rien d'étonnant. Je suis allée faire quelques pas dans le jardin, tenter une méditation, boire un peu d'eau, mais rien n'y a fait : impossible de trouver le sommeil. Je ne voulais pas te réveiller… Ça te dérange si je prends une douche ? Je meurs de chaud !

Julien baisse lentement son livre et la regarde fixement. Son visage est inexpressif.

— Pourquoi ça me dérangerait ?

Ce n'est pas tant la froideur de sa voix, qui saisit Claire, que son manque de relief. Elle est terne, sans vie, comme un morceau de chair morte. Les traits de Julien sont estompés par la lumière faiblarde de la lampe de chevet. Comme un masque d'argile uniquement animé par le feu glacial de ses yeux qui la scrutent. Durant l'espace d'un battement de cœur, Claire ne le reconnaît pas. Elle a devant elle un parfait inconnu. Affolée. Elle hésite mais parvient à se ressaisir. Si elle reste là, elle risque de ne plus pouvoir maîtriser la situation. Alors, fuyant vers la salle de bains, elle lance par-dessus son épaule, comme une poignée de sel pour conjurer le mauvais sort :

— Parfait ! Tu crois que tu seras réveillé quand je reviendrai ? Parce que… Enfin, tu vois… Tout à l'heure, j'étais déçue que tu te sois endormi si vite. Parce qu'on pourrait en profiter… Je suis en pleine ovulation ; c'est le moment, non ?

Sans attendre de réponse, elle ferme précipitamment la porte derrière elle. Julien n'a pas bougé, n'a rien dit. Le regard dans le vide, la main droite mangée par son livre, dont il garde, sans s'en rendre compte, la page qu'il a lue et relue cent fois sans jamais en comprendre le moindre mot. Il sanglote douloureusement en silence.

13

Le lendemain matin, vers 10 heures, tout le monde se retrouve comme convenu dans la salle à manger. Tony leur a réservé une surprise : il a dressé la table, préparé du café, mis de l'eau à chauffer pour le thé et fait griller des dizaines de tranches de pain. Bouche bée, le teint cireux et les traits chiffonnés, les six amis, dont aucun ne semble avoir bénéficié d'une nuit réparatrice, s'installent avec cérémonie. Chacun à la même place que la veille. Édouard, qui est le seul à présenter un visage presque reposé, exulte :

— Tony ! Mais quelle bonne idée ! Quelle gentillesse ! Vraiment, cela aurait été dommage que nos routes ne se croisent pas... Ou que vous vous fassiez écraser par Marc et Agathe !

Sylvie ricane piteusement à la blague et va chercher la bouilloire dans la cuisine malgré les protestations de Tony, qui se propose d'y aller à sa place. Claire sourit. En fait, son sourire ne la quitte pas depuis le réveil. Une sorte de crispation à la fois douce et aigre. Marc, lui, est très pâle. Il fixe Édouard, qui semble tout faire pour ne pas croiser ce regard insistant. Agathe, gueule de bois et lunettes de soleil, n'a attendu personne pour se servir un grand café et n'est même pas tentée de répondre à la pique d'Édouard. Une fois la première gorgée avalée à la hâte et après avoir râlé parce que c'est trop chaud, elle finit par lâcher un soupir gonflé de reconnaissance. Au même moment, Édouard passe derrière Tony et lui donne une tape fraternelle sur l'épaule.

— Après ce somptueux petit déjeuner, je vous suggère une balade sur mes terres. J'adore dire ça : « mes terres ». N'ayez crainte, ça ne prendra pas plus de deux heures de marche tout doucement, et je crois, en fait non, j'en suis certain, que ça fera un bien fou à tout le monde. Prendre l'air ! Respirer ! Se décrasser !

Édouard ne semble pas attendre de réponse. Tant mieux, car il n'en obtient aucune. Tony, lui, semble gêné.

— Moi, je crois que je vais partir… Ça va mieux. En allant doucement, je devrais pouvoir me débrouiller et vous laisser entre vous. Je ne sais pas comment vous remercier…

Dans un mouvement un peu trop théâtral, Édouard se tourne vers lui, l'air faussement courroucé.

— Comment ça, « nous laisser entre nous » ? Vous pensez que c'est ce qu'on veut ? Vous n'êtes pas bien, ici ? Écoutez, je crois que personne n'a envie de prendre la voiture aujourd'hui. On a bouffé trop de kilomètres hier. Et pour trouver un médecin dans le coin, il faut aller au village, mais je suis quasi certain que c'est celui du patelin d'après, à trente bornes de plus, qui est de permanence ce week-end. Et encore, ce n'est même pas sûr. Donc c'est l'hôpital et les urgences : cinquante kilomètres de plus et les heures d'attente… Je vous laisse imaginer. On n'a même pas de téléphone pour faire venir quelqu'un ou pour vérifier qui est disponible, où et quand. Et il ne me semble pas du tout raisonnable de vous permettre de repartir comme ça, sur les routes, avec votre pied amoché. Si vous n'avez aucune obligation, je serais ravi de vous compter parmi mes invités aujourd'hui encore. Enfin, seulement si vous supportez mes vieux amis... Je sais à quel point ils peuvent être pénibles et je comprendrais parfaitement que vous préfériez faire cinquante kilomètres en boitant plutôt que d'avoir à les endurer une journée de plus !

Édouard rit de sa propre blague. Tony l'imite faiblement, par courtoisie. Les autres soupirent, habitués, lassés. La mâchoire crispée, Marc semble de plus en plus tendu.

— Eh bien, écoutez... alors... avec plaisir ! Merci ! Je ne suis attendu nulle part, je fais un peu ce que je veux. Si vraiment ça ne gêne personne, j'accepte votre invitation. Merci encore !

Oui, il peut rester. Non, ça ne gêne personne. Tout le monde y va de son accord de principe, tout le monde s'en fout. Marc, qui assume pleinement de ne pas avoir suivi la discussion, lance d'une voix blanche et sur un ton autoritaire :

— Avant de partir en balade, Édouard, je voudrais te parler.

Édouard se tourne lentement vers Marc. Le visage barré d'un sourire figé, saupoudré d'un soupçon de moquerie, il répond, faussement martial :

— Bien entendu, Marc ! À tes ordres ! On se donne une petite heure avant de décoller, ça vous va ?

À moitié dissimulés derrière leur tasse et leur tartine, les autres acquiescent de la tête. Vaguement. Ils ressemblent à une bande d'ados ramollis et grognons, harcelés par des parents déterminés à les faire bouger. Ils tentent de se persuader qu'ils doivent profiter de cette occasion rare d'être à la campagne pour prendre un « bol d'air ». Ils iront donc, sans trop y croire, sacrifier au rituel de l'exercice physique, promesse d'un mieux-être qu'ils savent par avance inaccessible. Car ce ne sont certainement pas quelques kilomètres de marche qui les sauveront de leur hébétude chronique.

Tony reprend la parole. Concentré.

— Voilà ce que je vous propose : si vous ne voulez pas, pas de problème, bien évidemment, mais sinon je vais rester ici pendant votre promenade. Avec ma cheville abîmée, c'est mieux, non ? J'en profiterai pour préparer le déjeuner. Je me débrouille pas mal en cuisine. Quand je bosse pour me faire un peu de fric, je suis cuistot. Pas dans des palaces, hein, mais pas non plus dans des rades pourris ! Vous inquiétez pas, ça devrait aller. En plus, j'ai vu, vos réserves de bouffe sont extra !

Une vague d'enthousiasme accueille cette proposition inespérée. Elle leur évite l'épuisante séance de négociations pour répartir les corvées et toutes les micro-agressions qui ne manquent jamais d'émailler ces moments pénibles. Mais une deuxième vague, de doute, celle-ci, vient rapidement noyer ce soulagement et laisse la place à cette évidence angoissante : Tony va donc être seul, sans surveillance, avec toutes leurs affaires. Rien n'est dit, mais c'est inutile : l'inquiétude crépite dans le silence. Ce double mouvement donne naissance à une dernière vague, de réticence polie, exprimée à voix haute par Agathe :

— Oh, c'est très gentil, Tony, mais c'est gênant de vous laisser tout faire alors qu'on va s'amuser.

Tony est sur le point de répondre qu'il ne se sent pas lésé, que ce n'est pas un problème, que c'est même important pour lui, que c'est sa manière de les remercier, quand Julien déclare de façon posée et catégorique :

— Écoutez, moi, je n'ai pas très envie de marcher… Désolé, mais je suis crevé. Je vais rester ici avec Tony. Je vais l'aider, on va discuter, je vais peut-être même apprendre deux ou trois trucs en cuisine, ce qui sera plutôt bienvenu. Ça va être sympa, j'en suis convaincu. Prenez votre temps, profitez de la campagne. Je vous promets qu'on ne va pas se tuer à la tâche. C'est le week-end pour tout le monde. Si, si, Tony, pour vous aussi. Alors ne vous faites pas de souci, tout ira bien.

Le soulagement l'emporte. La proposition est validée, sans la moindre hésitation : cette configuration est idéale. Marc se fend d'un « C'est bien, mon grand » à destination de Julien. En entendant ces mots, Édouard se crispe légèrement. Il regarde Julien avec inquiétude, mais ce dernier est impassible : son visage n'exprime aucune émotion.

14

— Édouard, je n'irai pas par quatre chemins, on se connaît trop pour ça. Voilà : je suis descendu à la cave hier soir, malgré ton interdiction.

Édouard et Marc se sont isolés dans le bureau à la demande de ce dernier tandis que les autres finissent de se préparer sans enthousiasme pour la balade. Ils manquent d'énergie, mettent un temps infini pour débarrasser la table, rassembler leurs affaires, comme des enfants boudeurs qui attendent que leurs parents reviennent pour s'occuper d'eux, et uniquement d'eux.

Édouard accueille la révélation de Marc sans réagir. Il se contente de le regarder et de se réserver pour la suite, comme si celui-ci n'avait pas terminé et que rien d'important n'avait été exprimé. Ce silence désarçonne le Capitaine. Il avait prévu d'essuyer une réaction explosive. Il s'était raidi, mobilisant tout son corps, pour contre-attaquer immédiatement et ne laisser aucune chance à Édouard. Il était même prêt à augmenter la pression en fonction de la virulence de la réponse de son ami. Cette absence totale de riposte le déstabilise. Il vacille légèrement comme s'il avait mis tout son poids dans un coup de poing n'ayant rencontré que le vide. Ce silence est une menace qui lui fait perdre l'avantage. Il poursuit, bredouillant, sous le regard amusé d'Édouard.

— Oh, ça va, hein ! Je n'ai pas à me justifier, surtout pas après avoir découvert ce que tu caches dans cette cave. Mais t'es devenu complètement dingue ou quoi ?

Première réaction, enfin : Édouard lève un sourcil. Il semble plus amusé qu'inquiet. Puis il répond avec une froideur reptilienne qui fait frissonner Marc :

— Dis donc, Marc, il ne faudrait quand même pas trop forcer ta chance. Reprenons depuis le début. Et tu me laisses parler. Aucune interruption, aucune menace, c'est bien compris ? Je te ferai remarquer que tu as enfreint l'une des règles de conduite que j'ai édictées chez moi. Ce que je suis légitimement en droit de faire puisque, je le répète, je suis chez moi. Alors vois-tu, plutôt que t'entendre me traiter de dingue, je préférerais que tu t'excuses, pour conserver son caractère festif à cette journée qui s'annonce radieuse. Je crois que je parviendrai à trouver en moi toutes les ressources nécessaires pour me montrer indulgent. Menacer, dominer, prendre l'avantage, c'est plus fort que toi, pas vrai ? J'imagine sans peine que ce matin, après ce début de nuit... Comment dire... Décevant ? Minable ? Calamiteux ? C'est vital pour toi. Il faut dire que ton pyjama, mon vieux, est littéralement hideux. Faudra penser à le changer la prochaine fois. Cette couleur bizarre, ces motifs ananas... Ce sont bien des ananas ? C'est très mauvais pour l'énergie sexuelle. Enfin, moi, c'est ce que j'en dis. Je ne suis pas aussi fin connaisseur que toi.

Son métier de négociateur confère à Marc une capacité d'improvisation impressionnante, adossée à une faculté affûtée de considérer rapidement toutes les possibilités. Mais celle-ci avait très clairement échappé à sa sagacité. Il reste donc sans voix, sous le regard rieur d'Édouard. Ce dernier est en train de faire une allusion très marquée à son incartade avec Claire, c'est évident. Le Capitaine doit réfléchir rapidement. Réévaluer la situation et changer d'angle d'attaque. Pour cela, il doit essayer de comprendre les motivations d'Édouard. Fait-il simplement pression pour rééquilibrer l'échange ? Tente-t-il de monnayer un secret contre un autre, comme lui-même l'avait envisagé ? Les deux hommes sont face à face. Un duel assourdissant de non-dits. Marc sue à grosses gouttes. Sa volonté étourdie, impuissante à calmer son inquiétude, le met à la torture.

Édouard, lui, est imperturbable, attentif, presque tendre dans sa façon de pencher légèrement la tête sur le côté. Il reste silencieux. Il veut que ce soit son ami qui reprenne l'initiative de la discussion. Comme s'il n'avait aucun doute sur l'avantage colossal qu'il a sur lui. Marc réévalue tout : la situation, les multiples implications, les pertes et gains possibles selon la tactique choisie – attaque, dévalorisation, déni, fuite. C'est difficile, son esprit est ralenti par des pulsations de peur qui figent ses pensées par vagues. Édouard vient de l'informer, d'une manière à la fois subtilement détournée et terriblement précise, qu'il sait pour lui et Claire. Marc ne se souvient pas d'une occasion où il aurait porté ce pyjama en présence d'Édouard. Il l'a acheté pour ce week-end, l'a mis pour la première fois hier soir et, ce matin, s'est rendu au petit déjeuner déjà douché et habillé. Édouard les a-t-il pris sur le fait ? Il y a de grandes chances, à en croire ce sous-entendu moqueur sur ses performances… À moins que quelqu'un d'autre ne lui ait rapporté l'incident ? Mais qui ? Il se rappelle parfaitement le bruit suspect entendu par Claire. Et si Marc, lui, n'a rien entendu dans le grenier, c'est dans la cave qu'il a perçu un ténu mais très distinct appel à l'aide à travers la porte blindée. Cette cave interdite d'accès, dont Édouard est ressorti blessé, griffé – par son prisonnier ?

En résumé, la situation est simple : si Agathe découvre ce qui s'est passé dans le grenier, leur famille risque d'exploser. À ce stade, il ne réfléchit même pas aux conséquences pour Claire, dont il se fout complètement. En revanche, s'il dévoile l'existence d'une personne séquestrée dans la cave, c'est l'avenir d'Édouard qui va voler en éclats. Il faut donc déterminer lequel des deux a le plus à perdre.

À cet instant précis, Agathe fait brutalement irruption dans le bureau.

— Bon, les gars, vous ferez le remake d'*OK Corral* une autre fois, si vous voulez bien. Remarquez que vous êtes mignons comme ça, tous les deux, les yeux dans les yeux, genre « je te tiens, tu me tiens par la barbichette ». De profil, avec vos bedaines, ça casse quand même un peu l'ambiance western. On est prêts, et si on doit attendre plus longtemps, on risque d'avoir envie de boire un coup, et ta balade, Édouard, tu sais où tu pourras te la mettre.

15

Les voilà enfin sur le départ. Sauf Tony et Julien, comme prévu. Dès les premiers mètres, le petit groupe se disperse. Agathe et Édouard, bras dessus, bras dessous, filent devant. Sylvie, seule, marche à une dizaine de mètres derrière eux, la tête baissée et les épaules voûtées. Personne ne lui demande comment elle va. Tout le monde se doute de sa réponse, et aucun ne souhaite l'entendre, au risque de devoir prendre soin d'elle. Marc et Claire, quant à eux, se retrouvent en queue de peloton. Avant de partir, Claire a jeté un dernier coup d'œil à la maison et a aperçu quelqu'un qui refermait brusquement les doubles rideaux de la salle à manger. Elle ne sait pas pourquoi, mais cela l'a mise mal à l'aise. Pour autant, elle n'envisage pas un seul instant de partager son inquiétude avec Marc, dont la présence à ses côtés est déjà une forme de supplice.

Agathe est d'humeur joyeuse. Presque pimpante. Elle chantonne, fermement accrochée au bras d'Édouard, qui lutte pour garder l'équilibre. Elle s'émerveille de tout : la clémence de la météo, la splendeur du paysage, la douceur de l'air automnale, l'« idée de génie » de venir passer un week-end dans cet endroit tout bonnement magique. Tout est enchanteur, alors elle est enchantée. Mais elle est aussi désolée. Profondément désolée. Son enthousiasme forcé s'épuise rapidement, et sa voix commence à chevroter :

— Vraiment, Édouard, je m'en veux de m'être emportée comme ça hier… Tu sais, pour le téléphone… Mais bon, on ne peut pas dire non plus que tu as été tendre avec moi, alors on est quittes. On passe l'éponge et on n'en parle plus. Ça te va, mon chou ? Marché conclu ?

Édouard sourit et renifle ostensiblement l'haleine de cette femme un peu rougeaude qui lui parle près du visage, l'air trop concentré. Comme si elle peinait à faire le point. Comme si elle n'était pas certaine de l'identité de son interlocuteur.

— OK, marché conclu. Mais dis-moi, *mon chou*, tu as déjà picolé ou je suis victime d'une hallucination olfactive ?

Agathe se tend. Elle semble hésiter. Tant d'options. Le mensonge, la colère, la moquerie… Mais, finalement, rien de tout ça. Puis brusquement, comme si les fils invisibles qui l'avaient tirée de toute part pour la raidir de dignité offusquée venaient de se rompre d'un coup, ses épaules s'affaissent et elle se met à geindre.

— Oui… Enfin, non… Tu as raison… Oh, Édouard, s'il te plaît, pas de leçon de morale, j'en ai ma claque. Je sais que c'est n'importe quoi, je sais que ce n'est bon ni pour ma santé, ni pour ma vie sociale, ni pour mes enfants, ni pour mon couple… Mais tu vois, c'est aussi la solution la plus simple et surtout la moins médicalisée que j'ai trouvée. On arrête d'en parler, d'accord ? Marc aura plus d'une fois l'occasion de m'humilier avec ça devant tout le monde ce week-end. Alors là, on fait une pause. Ça n'existe pas. Je t'en supplie…

Édouard lui tapote la main avec une condescendance à peine voilée.

— OK, pas de problème, on n'en parle plus. Après tout, tu es une grande fille, tu sais ce que tu fais. Et, au fond, ça ne me dérange pas. On a chacun nos petits trucs pour rendre la vie un minimum supportable. Quant à Marc, je conçois que tu n'en puisses plus de ses grands airs. Comme si lui n'avait rien à se reprocher. Alors qu'on sait tous que...

Mais Édouard choisit de ne pas finir sa phrase, même si Agathe l'y encourage par un silence attentif. Quand elle comprend qu'il n'ira pas plus loin, n'ayant pas le courage de le relancer par une question, elle relâche son attention et reprend, comme si de rien n'était, à nouveau enjouée :

— Édouard, tu es un amour ! D'ailleurs, puisqu'on est là à se promener tranquillement et à papoter en tête à tête, je dois te confesser quelque chose. Oh, si je le fais maintenant, c'est aussi parce qu'il n'y a plus rien à craindre. Aucune ambiguïté possible, aucun risque de tout foutre en l'air, aucune conséquence donc. Rien de grave, mais c'est pourtant important pour moi de te le dire.

Édouard se tend imperceptiblement. Il fait un geste évasif de la main, comme pour lui signifier qu'elle n'est pas obligée de continuer. Il n'est pas certain de vouloir entendre cette confession. La crispation soudaine de son estomac l'informe que cela risque d'être désagréable. Ou gênant. Ou compromettant. Comme, de toute évidence, Agathe semble prête à se passer de son consentement, il tente de couper son élan en lui jetant en pâture le seul sujet qu'elle est incapable d'esquiver : ses enfants.

— Agathe, excuse-moi de t'interrompre, mais ça me trotte dans la tête depuis hier et, comme tu viens d'en parler à demi-mot et qu'on est détendus, là, tous les deux, j'en profite. Comment se fait-il que tu sois si stressée avec tes enfants ? Je sais que c'est une source intarissable de soucis, les gosses, mais toi, tu es vraiment très nouée. Ce n'est pas pour te critiquer, te juger, ou je ne sais quoi, c'est juste que je m'inquiète pour toi. Sincèrement. J'aimerais pouvoir t'aider, mais je ne sais pas comment.

Comme il s'y attendait, Agathe est fauchée en plein vol. Elle était parvenue à ne pas penser à ses enfants, mais leur évocation, au moment même où elle se sentait enfin la force de parler d'elle, la sonne. Elle s'était préparée à lui livrer une partie vulnérable d'elle-même. Un exercice périlleux. Dangereux. Aussi, pour se donner du courage, elle avait vidé un grand verre de vin avant de partir. Et voilà qu'en quelques mots, il l'a stoppée net. Elle ne sait pas se donner l'autorisation d'ignorer la question parce qu'elle a l'impression que ne pas y répondre, ce serait abandonner ses enfants, les faire passer après elle. Une mère indigne. Quelques secondes de pause pour reprendre ses esprits. Elle soupire.

— C'est gentil de t'en préoccuper, Édouard. Tu as parfaitement raison. Je suis trop angoissée à leur sujet. Je l'ai toujours été, d'ailleurs…

Elle laisse filer un long silence, puis elle décide de se laisser guider par ce qu'elle ressent, sans chercher à se raconter d'histoire, sans opposer de résistance aux pensées qui émergent, sans tenter de les organiser pour les rendre présentables. Pour une fois.

— Quand ils étaient petits, leurs innombrables maladies et bobos en tout genre suffisaient à justifier mon stress. Comme un alibi, tu vois. Chaque fois, leur guérison était la preuve tangible que je savais m'y prendre, que j'étais une bonne mère. Ça permettait d'endormir un peu mes angoisses. Mais jamais longtemps, évidemment, puisque la source de ces angoisses est plus profonde et d'une tout autre nature. Maintenant qu'ils sont grands, capables de prendre soin d'eux – sauf Antoine, Dieu merci, il m'en reste un ! –, ça les agace que je passe mon temps à vérifier que tout va bien. Romuald va chez le médecin tout seul et refuse catégoriquement que je l'accompagne. Tu te souviens ? J'ai arrêté mes études à sa naissance. Ce devait juste être une période transitoire. Pour l'accueillir, s'organiser, et ensuite je devais reprendre. Et puis Léa est arrivée dans la foulée et, les années s'enchaînant à toute vitesse, entre les couches, les biberons, les dents, les otites… j'ai fini par renoncer à mes ambitions personnelles pour me consacrer entièrement à eux. Et pour offrir à Marc le confort familial propice à sa carrière. Il en a bien profité. Nous aussi d'ailleurs, les enfants et moi, il faut le reconnaître. Ça a eu du bon pour tout le monde. Et pourtant, quand je pense à ce « choix » auquel je suis censée avoir consenti, c'est surtout le mot « sacrifice » qui remonte à la surface. Comme une odeur nauséabonde qui viendrait gâcher ce parfum de bonheur familial. C'est moche, hein ? Oh, et puis je mélange tout, c'est un gâchis pas possible. Ma plus grande peur, c'est d'en vouloir à mes gosses. Pour mes études inachevées, ma carrière de médecin loupée…

Jusqu'à présent, Édouard a mobilisé toute son attention pour l'écouter. Mais c'en est assez. Il a l'impression de connaître cette histoire par cœur et il la déteste. Alors il commence à regarder à droite, à gauche, pour lui signifier qu'il n'est plus disposé à poursuivre cette conversation. Ce qui n'empêche pas Agathe de continuer.

— Marc, bien entendu, je peux lui faire porter le chapeau, pas de problème. Tu as raison, il y a toujours un truc dont il est coupable. Mais les enfants... Ce serait dégueulasse de les accuser. Et pourtant, c'est plus fort que moi. Cette pensée, je l'anesthésie en permanence, mais certains jours, elle se réveille, et ce n'est pas beau à voir. Alors je culpabilise et j'en fais trop. Trop et mal. Ce qui rajoute une couche de culpabilité, de stress, de mal-être. Et comme ils sont exigeants – pour eux, ça ne fait aucun doute que je suis à leur service –, je trouve ça injuste et je leur en veux. Tout en ayant honte de les accuser. Oh, mais toujours en mon for intérieur ! Je n'ai quand même jamais commis l'erreur de le leur dire en face... Du moins, je ne crois pas. Quand je laisse exploser ma colère, ensuite je suis trop coulante et, finalement, rien ne change, tout déraille. Je suis à cran, persuadée qu'ils me détestent... Et c'est reparti : je me dis que je suis une mauvaise mère, je me demande comment j'en suis arrivée là. Et quand il n'y a plus de fièvre à soigner, c'est comme si ma présence devenait inutile, encombrante. Ça me panique autant que ça me soulage... Et ce soulagement vient nourrir le monstre de la culpabilité... C'est l'enfer ! Oh, Édouard, pitié ! Je n'ai pas du tout envie de parler de ça, ce « ça » qui a fait qu'on s'est engueulés dès le début de ce week-end, toi et moi. Là, je passe un moment loin d'eux, et je m'en sors plutôt bien. Si, si, je te le promets. J'arrive même à me détendre. Je voudrais en profiter le plus possible. Et surtout, j'ai autre chose à te dire, de très important, si tu veux bien m'écouter…

Édouard n'en demandait pas tant. Le remède est pire que la maladie. Il se sent encombré par cette logorrhée et regrette d'avoir choisi ce sujet pour la détourner de son premier objectif. C'est tellement pathétique, douloureux… Faire des enfants pour vivre ça ! Il n'en a jamais compris l'intérêt, et ce n'est certainement pas après ces aveux qu'il y parviendra plus facilement. Alors il acquiesce : oui, elle peut y aller, il va l'écouter.

Agathe prend une grande inspiration et se compose en quelques secondes un étrange visage crispé autour d'un sourire trop large. Elle poursuit, sur un ton taquin qui sonne faux, tristement ridicule, comme une vieille femme affublée de couettes et fardée comme une poupée de porcelaine :

— Bien. Attention, mon coco, ne te fais pas d'illusions – elle se force à rire –, tout ça, c'est du passé. Il ne peut plus rien arriver. Mais, comme je te l'ai dit, c'est le bon moment pour en parler et s'en débarrasser. Tu sais, quand Julien a cédé et a accepté de me présenter à ses deux « super potes »… Marc et toi, bien entendu… Parce que je n'avais pas cessé de le tanner, parce qu'il résistait tellement que ça avait fini par aiguiser ma curiosité à un point que tu ne peux même pas imaginer. Eh bien… Oh, allez ! Tu ne devines pas ?

Toujours agrippée au bras d'Édouard – elle a d'ailleurs resserré sa prise, qui devient douloureuse –, Agathe sautille comme une gamine excitée à qui on a promis une surprise et qui veut à tout prix savoir ce que c'est. Édouard évite de croiser son regard et se prépare au pire. Pour masquer son inquiétude, il fait semblant de réfléchir.

— C'est pas vrai ! Tu le fais exprès ! Tu sais très bien. Tu veux juste m'obliger à le dire. Remarque, c'est de bonne guerre, c'est moi qui me suis lancée.

Elle prend une nouvelle inspiration et se met à parler en articulant exagérément, comme si Édouard devait lire sur ses lèvres pour comprendre ce qu'elle lui dit.

— Quand je vous ai vus, tous les deux, la première fois, au restaurant chinois, c'est toi que j'ai d'abord trouvé le mieux. Si Marc ne m'avait pas aussi rapidement fait la cour, je ne sais pas ce qui aurait pu arriver.

Elle lâche le bras d'Édouard et cache son visage dans ses mains en riant et en psalmodiant.

— Oh, mon Dieu, mon Dieu, mon Dieu, mon Dieu !

Édouard est tétanisé. Oui, il l'a toujours su. D'autant que lui aussi avait été immédiatement fasciné par la beauté éclatante d'Agathe, par sa voix mélodieuse et sa joie de vivre contagieuse. Il avait tout de suite senti que leurs esprits s'accordaient et que leurs corps s'attiraient. Enivré par leur première rencontre, il avait décidé de savourer, bouchée après bouchée, l'idylle qui ne manquerait pas de naître entre eux, pour en apprécier chaque instant. Mais, au cours des jours qui avaient suivi, son rêve de fin gourmet avait été mis en pièces par la goinfrerie de Marc, qui s'était jeté à pleines dents sur ce « morceau de choix », comme il l'avait qualifiée. Oui, il l'a toujours su… Et même si, aujourd'hui, il sait, comme elle, que plus rien ne peut advenir de ce coup de foudre mouché vingt ans plus tôt, comme une vulgaire bougie, il est quand même soulagé d'entendre cet aveu de la bouche d'Agathe. Comme si enfin une porte se fermait, stoppant un courant d'air insidieux qui lui glaçait les os depuis tant d'années. Il s'arrête et la prend tendrement par les épaules.

— Ma chère Agathe, merci d'avoir ce courage. Même si c'est trop tard... Rien de tout ça n'est simple, mais ce n'est pas grave. Enfin, je crois... Du moins, je préfère le croire. Tu as fait le bon choix, c'est indiscutable, non ? Tu te doutes bien que ce n'est pas avec moi que tu aurais fondé une belle et grande famille comme la tienne. Je n'ai jamais ressenti ce besoin impérieux de me reproduire. C'est sans équivoque une immense lâcheté de ma part, je ne me cherche pas d'excuses. Parce que je suis certain qu'il faut de l'audace pour faire ça. Ou de l'inconscience. Je l'assume et je veux juste qu'on me fiche la paix. Marc était l'homme qu'il te fallait. Ça ne fait aucun doute. Et il l'est certainement encore, tu ne penses pas ?

Agathe se blottit dans les bras d'Édouard, qui la laisse faire. Elle renifle.

— Je connais tes réticences à devenir père et je ne te juge pas. Je te le promets. Si, parfois, je dis des énormités, c'est par dépit, tu n'en es pas dupe. Qui sait, finalement, ça m'aurait peut-être très bien convenu de ne pas avoir d'enfant. De vivre une vie sans contraintes, sans souffrance, pour être pleinement moi-même, à tes côtés.

Édouard ne peut contenir un rire un peu trop féroce. Il recule d'un pas pour mettre fin à l'embrassade. Agathe, sans enfant ! Sans souffrance ! Quelle blague cruelle ! Mais il ravale sa joie moqueuse en voyant l'air morose qu'elle affiche en réaction à son hilarité et se remet à marcher plus vite. Avant de s'arrêter de nouveau.

16

À quelques mètres derrière le groupe, Marc chuchote à l'oreille de Claire :

— Il faut que je te parle.

Claire soupire et rétorque, sans prendre la peine d'être discrète :

— Écoute, Marc, je ne crois pas que ce soit nécessaire. On s'est tout dit.

Le Capitaine marque un instant d'arrêt, puis secoue la tête comme pour chasser une idée importune.

— Ah ! Non ! Pas ça ! Ça, on s'en fiche…

Claire sursaute, piquée au vif par cette remarque dédaigneuse. Marc sourit, agréablement surpris et satisfait de son accès de mépris involontaire. Il poursuit :

— Hier soir, après… Enfin, bref, hier soir, je suis descendu à la cave.

Claire soupire une fois encore et fait les gros yeux comme si elle s'apprêtait à sermonner un gamin. Marc lui fait signe de se taire et de l'écouter.

— Et je suis maintenant en mesure de te dire pourquoi Édouard ne veut pas qu'on y aille. Au fond se trouve une porte blindée, fermée à clef. Deux clefs différentes pour deux serrures différentes, rien que ça. Tu vois le genre de porte inviolable. Tu peux même pas imaginer ce que j'ai entendu en y collant mon oreille ! Des gémissements de douleur à glacer le sang. Et un appel au secours à te briser le cœur ! Tu te rends compte ! Alors, comme, hier, Édouard en est remonté blessé et que tu as laissé entendre que ça pouvait être des griffures, je me demandais si… celles-ci pouvaient être d'origine humaine ?

Claire s'arrête net. Craignant de se faire repérer, Marc lui attrape le coude et la force sans ménagement à avancer. Quelques secondes de silence. Claire semble réfléchir. Son visage est impassible, mais ses yeux, pris de panique, vont de droite à gauche à toute vitesse, comme si elle cherchait des éléments de réponse autour d'elle. Ou une échappatoire. Marc patiente ; la réponse qu'il attend sera essentielle pour la suite de son plan. Enfin, Claire respire profondément et l'interroge, le plus calmement possible, alors que le vibrato de sa voix résonne de colère :

— Tu as essayé d'ouvrir la porte pour secourir la personne que tu penses être enfermée dans la cave ?

Marc la regarde comme si elle venait de proférer la plus improbable des insanités. Il reste d'abord sans voix, puis s'insurge et bafouille plus qu'il n'affirme.

— Oh, hé, et puis quoi encore ?! Dis donc, faudrait pas déplacer le débat et tout me mettre sur le dos. On parle d'Édouard, là, et de ses cachotteries. Pas de ce que j'aurais pu ou dû faire ! Merde !

Claire n'a pas la force de polémiquer. Elle est fatiguée. Elle n'a aucune envie de marcher dans cette campagne subtilement humide, visiblement féconde, indécemment vivante, qui lui rappelle avec arrogance l'infertilité de son couple. Mais elle ne souhaite pas non plus rester seule avec Julien et Tony dans cette maison pleine de fantômes. À côté d'elle, Marc est dangereusement excité, rageur, prêt à mordre. Elle ne se sent pas en sécurité. Elle doit attaquer avant de se faire engloutir.

— Marc, arrête, tu veux ? On en a marre de cette compétition entre toi et Édouard. Julien n'a jamais suivi l'affaire, et je lui en suis reconnaissante. Je ne comprends rien à ce que tu me racontes. La cave, les gémissements, je ne sais quoi… Vous n'êtes plus drôles du tout. Vous fatiguez tout le monde. Si ça vous amuse encore, cette histoire de « Capitaine », vous ne pouvez pas tout simplement faire ça dans votre coin, sans nous prendre en otages ? Je ne sais pas, moi… Des paris sportifs, des parties d'échecs, des jeux de massacre en ligne… Qu'est-ce qu'on en a à foutre ?

Marc est interloqué. Il ne s'attendait pas à cette réaction. Fin de non-recevoir. *Au revoir, merci, je ne comprends pas, je ne veux pas comprendre et, bien évidemment, c'est ta faute.* En même temps, c'est tellement banal, tellement prévisible. Si les gens avaient le cran d'affronter les problèmes qui les ralentissent dans leur vie, on n'en serait pas là. Le courage de faire face ! C'est une théorie fondamentale dans l'univers mental de Marc. Même s'il est incapable de préciser « où on en serait ». Il s'éloigne imperceptiblement de Claire, ravale les questions qu'il souhaitait lui poser et se demande comment diable il a pu être séduit par cette gourde arrogante. Mais ce n'est pas grave. Il sait qu'il finira par trouver la réponse imparable à toutes les stratégies d'évitement des lâches qui l'entourent. À ce moment-là, il n'y aura plus personne pour douter de ses choix de vie et remettre en question son indiscutable supériorité.

Claire refuse de penser à ce que Marc vient de lui dire. Elle sature. C'est trop énorme, trop absurde, trop horrible. Cette compétition commence à prendre un tour morbide. Comment des gémissements de douleur et des appels au secours peuvent-ils faire partie de ce jeu entre eux ? Elle ne veut même pas chercher à comprendre. Tout cela ne fait que nourrir cette peur sourde et épaisse qui la taraude lorsqu'elle reste trop longtemps en leur présence. Sa décision est prise, irrévocable. Après ce week-end, elle ne les reverra plus jamais. Elle expliquera à Julien qu'elle ne les supporte plus. Pire, même, qu'ils mettent son équilibre émotionnel en danger. La dépression de Sylvie, l'alcoolisme d'Agathe, l'agressivité de Marc… Elle lui avouera aussi la terreur vorace que lui inspire Édouard. Elle sait qu'elle n'aura pas à se justifier. Elle sait qu'il comprendra ou que, si ce n'est pas le cas, il fera semblant. Son mari « comprend » toujours. Elle aime tellement la façon absolue dont il est amoureux d'elle. Il lui dit si souvent qu'il ne pourrait pas vivre sans elle. Sans expliquer davantage. Elle a parfois l'intuition qu'il y a quelque chose de dangereux dans ce pacte silencieux. Sans savoir quoi précisément. Mais elle se rassure toujours rapidement en se disant que c'est ça, l'amour, un point, c'est tout. Rassérénée par la perspective de ne plus avoir à côtoyer ces gens qui la répugnent, elle interroge Marc, presque amusée :

— Mais qu'est-ce qu'elle a, ta femme, à sauter comme ça ?

Marc grogne. Il n'a pas envie de répondre, mais le besoin de décharger sa frustration est plus fort.

— Rien de bien sorcier : elle a dû picoler un coup avant de partir et elle essaie de faire du charme à Édouard pour me rendre jaloux. La pauvre ! Il n'en faut plus beaucoup pour qu'elle devienne une épave irrécupérable… C'est pathétique.

Claire sent monter en elle une énorme vague d'amertume et de colère. Même si elle n'éprouve aucune affection particulière pour Agathe, la réponse méprisante de Marc lui est insupportable.

— Arrête ça tout de suite ! C'est ta femme, la mère de tes gosses. Et tu es bien content qu'elle s'occupe de ton petit confort personnel, espèce de salaud ! Tu pourrais au moins faire semblant de la respecter un peu plus que ça.

Marc s'immobilise. Visage blême, les traits tirés et durs comme des coups de fusain rageurs. Au moment où il s'apprête à lui exprimer le fond hargneux de sa pensée, il est interrompu par Édouard, qui se racle bruyamment la gorge et prend haut et fort la parole en articulant de façon exagérée, comme un guide qui veut se faire entendre d'un groupe de touristes dissipés. Une fois de plus, le flamboyant Capitaine est bâillonné. Les promeneurs se rassemblent devant un énorme chêne, dont les branches les plus basses sont encombrées de planches à moitié pourries, de cordes mangées par la vermine et de drapeaux en plastique déchiquetés. Édouard n'a pas besoin d'insister pour obtenir le silence, qui s'installe tout seul, pesant, à la vue de cet enchevêtrement morbide.

— Vous vous trouvez à présent devant mon arbre aux cabanes. Quand j'étais enfant, avec les autres garçons du coin, on construisait des cabanes incroyables. Bon, je me doute que c'est surtout le souvenir que j'en garde qui est incroyable… On jouait jusqu'à la tombée de la nuit, laissant passer l'heure du dîner et inventant des histoires homériques.

Les femmes esquissent un sourire – le pouvoir de l'évocation de l'enfance –, même si des images de violence s'invitent malgré elles. Marc s'ébroue, renifle fort et lâche, comme s'il crachait par terre :

— Oh, je vois ! Le petit maître de la colline jouait avec les gamins des métayers. Mais qu'entends-tu par « avec » ? En leur compagnie ou à leurs dépens ? Ça devait être intéressant. Que sont-ils devenus ? Et maintenant qu'il est adulte, le grand maître de la colline, il continue ? Dans des cabanes de « grands » ?

Claire lui assène un puissant coup de coude dans les côtes. Marc étouffe un cri de douleur. Édouard sourit et répond, sans se démonter :

— Oui, c'est vrai, Marc : parfois, les goûts et les préférences de l'enfance nous poursuivent toute notre vie. Comme, par exemple, jouer avec une cousine à des jeux interdits dans le grenier. Ou achever avec délectation un animal blessé…

Quelques secondes suspendues, un malaise palpable. Les deux hommes se griffent du regard, les femmes préfèrent ignorer ce qui leur échappe, et tout le monde finit par se remettre en marche. À présent, Claire est devant. Elle s'éloigne ostensiblement de Marc, qui ne cherche pas à la rattraper. Plus personne ne parle. Au bout d'une dizaine de minutes, le groupe chemine jusqu'à un trou béant. Profond, sinistre, comme s'il était destiné à engloutir les reliquats de leurs cauchemars. Édouard le désigne d'un geste de la main, comme un collectionneur présentant une pièce rare.

— Vous voyez, là, avant, c'était une mare. Un endroit enchanteur. Une flore variée, colorée et luxuriante ; une faune vivace brutale et sans malice. J'adorais y venir. Rester allongé à ne rien faire, observer le manège de la vie, lire entre ombre et lumière, somnoler entre rêves et espoirs. Et puis, il y a trois ou quatre ans, cette canicule effroyable nous est tombée dessus. Vous vous en souvenez ? Une espèce d'algue a débarqué de je ne sais où. En quelques jours à peine, plus rien, l'anéantissement, le désert. Vous saviez qu'une mare constitue un écosystème complet et autonome à lui tout seul ? Tout un monde, un univers. Avec ses lois, ses équilibres, ses joies, ses peines… Disparu en un claquement de doigts. Une apocalypse silencieuse à deux pas de chez moi… Je n'ai rien pu faire.

Personne ne commente. Un sentiment de gêne et d'incompréhension se diffuse discrètement. Édouard semble navré, mais qu'attend-il de ses amis ? Est-ce un piège ? Va-t-il éclater de rire et se moquer de leur air contrit ? Marc est le premier à réagir, en sifflotant pour marquer son manque total d'intérêt. Agathe, d'humeur nostalgique, pose doucement sa tête sur l'épaule d'Édouard pour lui signifier qu'elle partage son chagrin. Claire commence à avoir faim et se réjouit de constater qu'elle se sent totalement indifférente à ce qui se joue à cet instant. Sylvie, quant à elle, se met soudainement à sangloter, de plus en plus fort, de plus en plus douloureusement. Comme si elle venait de recevoir un coup de poing dans le plexus, elle se plie en deux dans un hoquet aigre avant de tomber lentement à genoux, le visage ravagé par un rictus de souffrance brûlante. Claire se précipite vers elle et la soutient au moment où elle va s'effondrer sur le côté. Avec quelques secondes de retard, Agathe arrive à son tour à la rescousse. Les deux hommes restent plantés sans bouger, les mains enfoncées dans les poches de leur veste, la mâchoire crispée. Inutile d'être quatre autour de Sylvie, elle risquerait d'étouffer. Claire tente de la calmer en lui parlant doucement. Agathe, maladroitement, lui caresse la tête. Ça lui fait mal de la voir dans cet état. Son corps se tend, comme traversé par une vague de tourment. Les larmes de Sylvie grossissent le flot des siennes, qu'elle retient en permanence à grand-peine. Claire rassure Sylvie d'une voix posée, professionnelle :

— Respire, je suis là. Respire profondément, expire profondément. Qu'est-ce qui se passe ? Tu peux me le dire. Il est arrivé quelque chose ?

Toute cette sollicitude inonde le cœur craquelé de Sylvie. *Qu'est-ce qui se passe ? Tu peux me le dire.* Comment dire cette tristesse insondable. Innommée, innommable. Comment dire cette souffrance incessante ? Comment dire ce désespoir poisseux qui englue chaque instant de sa vie ? Injustifiable et illégitime à ses yeux. Car ni la faim, ni la soif, ni la guerre, ni le deuil, ni la maladie, tortures reconnues et respectées, ne l'afflige. Comme un poison sans antidote qu'elle a l'impression de s'être inoculé elle-même. Alors elle se contente d'étouffer ses sanglots pour ne plus être au centre de l'attention de ses amis. Édouard se frotte longuement les yeux et statue d'une voix blanche :

— Eh bah, dites donc, les enfants, je crois qu'on n'est pas franchement heureux… On ferait mieux de rentrer, de retrouver Julien et Tony. Manger un morceau et boire un coup. On verra bien ce qu'on fera après.

17

Sur le chemin du retour, personne ne parle. Soudain, Sylvie sort de son silence. Elle se confond en excuses, renifle, se racle la gorge, grince des petits rires hystériques qui mettent tout le monde mal à l'aise. Marc coupe court :

— Ça va, Sylvie, pas de problème. On est tes amis, on te connaît. Tu n'en es pas à ton coup d'essai, te prends pas la tête. Mais maintenant, on passe à autre chose, OK ? Tu arrêtes de geindre et de t'excuser, c'est mieux comme ça. Tu as compris ?

Brutal. Sylvie hoquette son accord et canalise difficilement une nouvelle onde salée et brûlante de pleurs qui monte à l'assaut de ses sinus. Claire se rapproche d'elle et lui prend les épaules. Agathe est retournée au bras d'Édouard. Marc se retrouve seul derrière, sans la moindre compagnie, même pas celle de ses illusions. Finalement, ça aurait dû être ça, sa vie : solitaire, peinard, égoïste, profitant à fond de son incroyable réussite professionnelle et sociale. Sans partager, sans faire de concessions, sans faire en sorte de ne pas trop briller pour ne pas aveugler les petits yeux larmoyants et myopes de ses pitoyables amis. Libre comme l'air, immense, prodigieux, flamboyant... Jusque-là, s'il avait réussi à entretenir le doute, à broder avec habileté et ténacité un récit de vie rêvée, ces dernières heures ont brillamment fait échouer toutes ses négociations avec la réalité. Il est désormais trop tard.

À la veille de sa cinquantième année, Marc sent qu'il n'a plus la force de bifurquer pour s'engager sur cette voie qui lui était destinée. Seuls ses enfants parviennent à donner une once de crédibilité à son existence. « Une once » seulement. Cet amour maladroit et aveugle, chahuté en permanence par des exigences irrecevables et des agressions innombrables. Cet attachement viscéral qui coûte une énergie folle et prodigue essentiellement des déceptions médiocres. Cette illusion insensée qui agite sans cesse sous le nez des parents l'espoir d'une relation inconditionnelle qui, pourtant, ne résistera pas, comme toutes les autres, au temps et à la séparation. Tout cela est-il vraiment suffisant pour justifier une incarcération à perpétuité ? Il sait bien que s'il partage ses doutes avec Édouard, celui-ci ne manquera pas de lui faire remarquer qu'en termes de liberté et de flamboyance, Marc ne s'est jamais frustré. Capitaine, seul maître à bord, obtenant tout ce qu'il veut, agissant selon son bon vouloir, réussissant sans forcer, sans se soucier du désir des autres. Édouard lui rappellera aussi qu'il ne s'est jamais restreint, qu'il a eu des dizaines de maîtresses et que son corps a exulté plus souvent qu'à son tour sans jamais le priver du réconfort sécurisant de sa famille. Il ne manquera pas non plus de lui dire que la « mauvaise humeur du Capitaine » est légendaire, toujours prête à fondre sur quiconque le contrarie. Comme une redoutable prédactrice qui, d'un coup de gueule féroce, broie sa proie et l'engloutit d'un trait. Mais Marc n'aborde jamais avec Édouard ce genre de sujet. Jamais.

De retour à la maison, Sylvie est complètement calmée. Il ne reste plus que quelques stigmates de sa crise d'angoisse : le teint brouillé, les yeux rouges, les ailes du nez luisantes. Et ses cheveux gras de tristesse qui pendent, sans vigueur, de chaque côté de son visage terne. Elle fonce se réfugier dans la salle de bains, dans l'espoir de redresser la situation afin d'offrir à ses amis une physionomie plus attrayante. Agathe, Marc et Édouard se rendent directement dans la salle à manger. La table a été dressée. Un grand saladier trône au centre, une bouteille de vin a été ouverte. Le Capitaine en sert un verre à tout le monde. Claire se dirige vers la cuisine pour retrouver Julien quand ce dernier apparaît dans l'encadrement de la porte du salon, essoufflé. Paniqué, il se lance dans une explication nerveuse :

— Ça alors, vous avez fait vite ! Je ne vous attendais pas si tôt. Le poulet n'est pas tout à fait cuit. Ni les pommes de terre. Je ne les ai même pas encore épluchées ! Si vous avez faim, on peut commencer par le pâté. Il est magnifique. Mais avant, il y a l'apéritif : olives, chips... Je vais couper des petits morceaux de fromage si ça vous dit. Et puis j'ai mis la table – ça, c'est bon.

— Quoi ? Encore des patates ! s'exclame Agathe. Et du pâté ? Même pas un petit foie gras ? C'est ça, Édouard, ta conception d'un festin ?

Ignorant cette remarque, Édouard s'approche de Julien avec des précautions de démineur et tente de le rassurer : tout va bien, il n'y a aucun souci, ils sont revenus plus tôt parce que se balader, ça va un temps, mais il y a tout ce qu'il faut pour attendre que le repas soit prêt... Les paroles réconfortantes d'Édouard ne semblent avoir aucun effet. Claire se rapproche à son tour de Julien et passe un bras sous le sien. Julien lui jette un regard offusqué, comme si ce geste de tendresse était totalement incongru.

— Où est Tony ? demande Sylvie d'un ton faussement désinvolte en faisant son entrée dans le salon.

Elle s'est passé de l'eau sur le visage, a rassemblé ses cheveux déprimés en un chignon serré, et a un peu trop forcé sur le parfum et le fond de teint. Elle a aussi pris un anxiolytique pour se donner une chance de supporter cette journée déjà éprouvante.

Julien sursaute en entendant sa question. Il la regarde quelques secondes comme s'il ne la reconnaissait pas, puis, après une longue inspiration, répond d'une façon étonnamment calme :

— Tony ? Aucune idée. Je crois qu'il est parti.

En entendant ces mots, chacun suspend le geste qu'il était en train de faire et regarde Julien d'un air effaré. C'est Édouard qui reprend discrètement la parole, comme sur la pointe des pieds.

— Comment ça, « il est parti » ? Il avait pourtant accepté notre invitation, non ? Il a dit qu'il voulait aider. Et sa cheville ? Elle a guéri par miracle ?

Julien ne répond pas. Il se contente d'observer fixement Édouard. Un silence pesant s'invite, alléché par l'odeur aigrelette du mensonge. Édouard ne s'avoue pas vaincu. Tout son corps se tend, et il continue son interrogatoire comme s'il attaquait le versant le plus pentu d'une montagne. Il se rapproche de Julien jusqu'à se retrouver à quelques centimètres de son visage, impassible. Et répète, en insistant sur chaque syllabe :

— Comment ça, il est parti ? Julien, je te parle !

Julien dégage brusquement son bras de celui de Claire, qui étouffe un petit cri d'étonnement. Il commence à respirer fort, ses traits se crispent imperceptiblement. Puis il consent à répondre, luttant visiblement pour rester calme :

— Qu'est-ce que j'en sais, moi ? Vous me demandez où est Tony, je vous réponds. Mais, évidemment, ça ne vous convient pas. Cette réalité ne vous convient pas. Pourtant, il n'est plus là. Quand vous êtes partis, j'ai pris une douche rapide, puis je suis allé à la cuisine pour préparer le déjeuner. Il n'y était pas et il n'avait rien foutu. Ça ne m'a pas plus étonné que ça. Vous qui êtes toujours prêts à douter de la bonne volonté des gens, votre optimisme quant à son intention de se rendre utile m'a surpris, mais bon, ça vous arrangeait bien, pas vrai ? Je ne l'ai pas attendu. J'ai sorti tout ce dont on allait avoir besoin et je l'ai appelé, parce que je n'avais pas envie de tout me coltiner tout seul. Je l'ai entendu me répondre qu'il arrivait. Il était quelque part dans la maison, je ne sais où. Je me suis mis au boulot, en sachant qu'il allait traîner au maximum pour en faire le moins possible. Je l'imaginais bien, après, raconter qu'il avait bossé comme un dingue ; vous l'auriez cru, c'est certain. La situation m'a agacé, j'ai tout arrêté et je l'ai appelé à nouveau. Il était hors de question que ça se passe encore comme ça. Julien dans l'ombre, Julien le faire-valoir, Julien qui disparaît… Je n'ai obtenu aucune réponse. Alors je suis parti à sa recherche, partout dans la maison. Personne. Et j'ai noté que ses affaires avaient disparu. C'est à ce moment-là que vous êtes arrivés. Avec tout ça, le repas n'est pas prêt, et je sens que ça va encore me retomber dessus. Je me trompe ? Parce que j'ai bien compris que ça vous allait bien de partir vous promener sans avoir à vous emmerder avec le repas, tout en étant sûrs que je garderais notre « invité » à l'œil. Mais voilà, c'est raté. Je me suis planté. Julien l'incapable. Marc, tu as quelque chose à dire ? Une remarque désobligeante ?

Julien est écarlate. Même s'il n'a pas élevé la voix, de son débit saccadé et ses propos agressifs suintent une colère rentrée qui ne demande qu'à exploser. Visiblement inquiet, Édouard tente de l'apaiser.

— Julien, aucun souci, tout va bien ! Rien ne va te « retomber dessus », évidemment. Merci, surtout, pour ce que tu as fait. Eh bien, notre invité a choisi de partir, c'est son droit. Tu n'y es pour rien. Il faut bien dire qu'il ne paraissait pas à l'aise avec nous. Allez, on s'en fout ! Je t'accompagne à la cuisine pour terminer et je suis certain que je ne serai pas le seul…

Marc ravale un commentaire acerbe qui semble lui brûler l'œsophage comme un reflux gastrique.

— L'enfoiré ! hurle soudain Agathe avant de se précipiter hors de la pièce en bousculant Julien.

Tout le monde est tétanisé.

— C'est pas possible ! Qu'est-ce qu'elle a encore ? finit par demander Claire.

Marc hausse les épaules. Aucune idée. Édouard frappe dans ses mains, répète que rien de tout ça n'est grave, qu'on s'en fout et que, s'il n'arrive pas à marcher, Tony ne manquera pas de revenir. Il propose d'ouvrir du champagne pour se changer les idées et oublier cette histoire. Il semble à la fois très agité et excessivement confiant. Finalement, il invite ses amis à le rejoindre dans le salon. Tous vacillent sans vraiment se déplacer, englués, figés.

C'est le retour d'Agathe, essoufflée, le visage cramoisi et hors d'elle, qui brise l'envoûtement qu'Édouard ne parvenait pas à lever malgré sa promesse de champagne.

— Le fils de pute ! Allez regarder dans vos chambres. Il s'est passé exactement ce que je craignais. Évidemment ! Je ne vous en ai pas parlé, parce que vous m'auriez accusée de raconter des histoires, d'être parano, rien qu'une sale bourgeoise pleine de préjugés, blablabla et j'en passe. Tony, le « randonneur » qui débarque on ne sait d'où et qu'on laisse se promener à sa guise dans la maison. Mais, bien sûr, rien de grave. Tout va bien... Mais, enfin, vous êtes complètement cons, ou quoi ? Vous ne comprenez toujours pas ? Il m'a volé mon bracelet en or, cette petite merde ! Et, à mon avis, il s'est servi partout. Claire, tu es certaine qu'il avait une entorse ? C'est possible de faire semblant avec ce genre de blessure ? Bordel, ça nous pendait au nez ! Mais quelle bande de cons ! Quelle bande de cons !

Effarement.

— Tu... tu es sûre de toi ? bredouille Sylvie. Tu es sûre d'avoir emporté ton bracelet en or ? Juste pour ce week-end à la campagne ? Tu l'as peut-être laissé chez toi ? Pour ma part, je n'ai rien remarqué d'anormal dans ma chambre quand je suis allée me rafraîchir.

— Oui, j'en suis certaine ! explose Agathe. Tu me prends pour qui, Sylvie, à douter de ce que je dis ? C'est hallucinant ! Écoute, de toute évidence, tu te le serais bien tapé, le Tony, mais j'aimerais que tu restes un minimum objective dans cette affaire, si c'est possible. Édouard, va voir dans ton bureau. Marc, j'ai pas regardé dans tes affaires, je te laisse vérifier. Et pour la cheville, Claire, est-ce que c'est envisageable de faire semblant ? Tu me réponds ?

Tandis qu'Agathe prend le déroulement des opérations en main, Édouard est sombre et silencieux. Il tente d'accrocher le regard de Julien, qui semble de nouveau insensible à l'agitation autour de lui.

— Merde, ma tablette ! crie Marc en se levant d'un bond.

Claire ignore la remarque du Capitaine. La question sur la cheville de Tony et le ton autoritaire d'Agathe la replongent dans la sphère professionnelle. C'est presque rassurant. La jeune infirmière répond donc immédiatement :

— Sa cheville était enflée, mais difficile d'évaluer la gravité de ce genre de blessure sans radio. Il boitait, visiblement. Maintenant, il aurait très bien pu simuler et nous faire croire que c'était plus grave. C'est tout à fait possible.

Agathe rayonne.

— Eh bah, voilà ! C'est toujours la même histoire ! Après, on passe pour des salauds à l'esprit étriqué qui voient le mal partout, alors qu'on est juste un peu plus lucides que la moyenne sur la nature humaine…

Marc revient, les mâchoires serrées.

— Cet enfoiré m'a volé ma tablette. Je vous promets que ça ne va pas se passer comme ça ! Je vais prendre la voiture et je vais le retrouver. Il va regretter que je ne l'aie pas écrasé hier soir…

En entendant ces paroles, Claire décide de s'éclipser pour aller vérifier dans sa chambre. Édouard, lui, revient de son bureau, préoccupé. Il fait à son tour le bilan de ses pertes.

— Il m'a aussi volé ma tablette, une vieille montre qui a pas mal de valeur et une parure de stylos plaqués or. Le moins que l'on puisse dire, c'est qu'il a du goût... Mais Marc, ça ne sert à rien de partir à sa recherche à l'aveuglette. C'est évident qu'il n'a pas emprunté la route principale. Il a dû couper à travers champs. Peut-être même a-t-il des complices. Je ne sais pas pourquoi, mais quelque chose me dit que ce fameux Tony n'est pas que de passage et qu'il connaît bien la région...

— Et alors, qu'est-ce que tu proposes, monsieur le bon Samaritain ? On va rester là, les bras croisés, victimes consentantes, enculés comblés, qui pourraient même en redemander, tellement c'était bon ? Et si c'était positif qu'il nous ait volés, finalement ? Après tout, il en a plus besoin que nous, sales privilégiés responsables de la misère du monde. Tiens, fêtons ça avec du champagne, tu veux ?

Claire revient. Il ne manque rien dans sa chambre. Édouard se rapproche de Marc pour lui parler face à face.

— Tu arrêtes ça tout de suite, Marc. Je suis tout autant que toi excédé par ce qui se passe. Je n'ai jamais dit qu'on allait rester les bras croisés. En revanche, on va agir intelligemment : on va se poser, déjeuner, puis, toi et moi, on va aller porter plainte à la gendarmerie. C'est l'affaire d'une bonne heure en voiture à l'aller et autant au retour. On va tout faire dans les règles de l'art, essentiellement pour les assurances, car, ne te fais pas d'illusions, tu sais comme moi que les chances de retrouver ce type sont infimes. Je ne pense pas que ce qu'on a perdu soit vital, à part notre fierté peut-être, mais même ça, je ne suis pas certain qu'il nous en reste beaucoup à dérober. Et puis je n'ai aucune envie de gâcher ce moment avec vous en me lançant dans une chasse à l'homme aussi vaine que frustrante.

Marc s'affale sur le canapé en grognant. Il ne l'avouera jamais, mais c'est exactement ce qu'il avait besoin d'entendre. D'abord manger et boire un coup. Il n'en a rien à faire, de sa tablette, c'est juste pour le principe. Il sait aussi qu'il a peu de chances de retrouver le fugitif, qui doit parfaitement connaître la région. Il préfère s'éviter une nouvelle déconvenue. Et puis il est content que cette proposition vienne d'Édouard. Cette situation lui offre l'opportunité d'exprimer sans retenue l'exaspération accumulée depuis leur arrivée.

— Bordel ! J'aurais dû lui écraser sa sale petite gueule de connard, hier sur la route ! On n'en serait pas là. On a ce qu'on mérite, à jouer les bons petits bourgeois larges d'esprit… Et cette comédie de la bande de potes qui tentent de rejouer les meilleurs moments de leur amitié flétrie comme la peau de nos gueules de quinqua sur le retour ! Dans cette baraque pourrie… Quel cauchemar !

Tout le monde se fige une fois encore. Édouard attend que Marc ait fini sa tirade – il en a l'habitude, maintenant – pour se mettre en mouvement. Il tapote doucement l'épaule du Capitaine, sans un mot, et demande à ceux qui ne se sont pas encore assis d'aller chercher les verres pendant qu'il sort le champagne du réfrigérateur. Marc ne réagit pas, la bouche entrouverte, le regard vide, comme s'il venait d'être subitement privé de ses forces.

18

— Je fais toujours le même rêve.

Il est 16 h 30. Le déjeuner s'est éternisé. D'apéritif en entrée, de poulet en salade, de fromage en dessert, de bouteille en bouteille, personne n'a vu le temps passer. Et la tension s'est rapidement dégonflée. Asphyxié par la nourriture et l'alcool, Marc s'est calé dans le canapé et a sombré dans un silence morne. Agathe, quant à elle, somnole dans un fauteuil à côté de lui, bouche entrouverte, bras ballants. Les autres discutent tout doucement. Pas tant pour éviter de les réveiller que pour se préserver cette parenthèse de calme. La conversation, décousue et parfois hésitante, tourne évasivement autour du sommeil. Et c'est Julien, resté silencieux tout au long du repas, qui prend la parole. Comme s'il se parlait à lui-même. Une voix suffisamment rare pour attirer l'attention de Marc.

— Je suis allongé sur mon lit et je ne parviens pas à trouver le sommeil. C'est dans mon rêve, vous l'avez compris. Et puis, petit à petit, de façon quasi imperceptible, je sens mon lit basculer vers l'avant. Et moi, je glisse. Je ne sais pas pourquoi, mais je ne pense même pas à me lever. Sans doute parce que je me dis que le sol aussi doit basculer. Je n'en sais rien. Alors, pour éviter de tomber, je m'accroche aux draps. Mais le lit penche de plus en plus, et je commence à emporter les draps avec moi. Ça va de plus en plus vite. Alors je décide de planter mes ongles – qui sont longs, très longs, comme des griffes – dans le matelas, qui est mou et qui ressemble à de la chair. Rien n'y fait : plus je plante mes ongles profondément, plus ils déchirent le matelas ; et plus ils déchirent cette chair molle, plus je glisse, glisse, glisse... les doigts endoloris. Je suis couvert de sang, et je finis par basculer et par être avalé par un énorme trou noir... En général, c'est à ce moment-là que je me réveille. Je ne sais toujours pas ce qu'il y a dans ce trou béant. Et je crois que je ne veux pas le savoir...

Édouard déglutit et tapote le bras de Julien, qui sursaute. Sylvie regarde son ex-mari avec tristesse. Claire semble complètement déboussolée. Elle rapproche sa chaise de celle de son mari, qui ne réagit pas.

— Mais, Julien, tu ne m'en as jamais parlé. Pourquoi ? On aurait pu... je ne sais pas, moi... essayer de faire quelque chose. Tu ne m'as même jamais réveillée !

Julien tourne lentement son visage vers elle, les yeux baignés de larmes, et se lève sans répondre. Au même instant, Marc grogne d'une voix pâteuse :

— Eh bah, les gars ! Il ne manquait plus que ça pour que le week-end soit parfait : une psychanalyse de groupe. C'est un festival !

Comme électrocutée, Sylvie se redresse sur sa chaise et rétorque sèchement :

— Marc, tu fais chier ! Il y a des moments où tu ferais mieux de la fermer.

Marc ouvre grand les yeux, comme s'il venait de recevoir un verre d'eau glacée sur le visage. Il se frotte énergiquement les globes oculaires et s'assied droit sur le canapé. Sylvie enfonce peu à peu la tête dans les épaules. Elle regrette déjà ces quelques mots prononcés.

Comme s'il n'avait rien entendu, Julien sort de la salle de séjour en annonçant faiblement qu'il va faire la sieste. Claire fait mine de le suivre, mais Édouard lui prend le bras pour l'arrêter et lui demande à voix basse de le laisser parler seul à seul avec Julien. Elle hésite et finit par céder. Marc s'extirpe du canapé, un peu vacillant mais bien réveillé, le visage écarlate.

— Ah oui, je fais chier ? C'est moi qui fais chier ? C'est moi qui chiale tout le temps ? Qui plombe l'ambiance avec une gueule d'enterrement permanente ? Qui vole les affaires de tout le monde ? Qui enferme et torture des gens dans la cave ?

Sylvie doute de ce qu'elle vient d'entendre.

— Très bien, puisque tout est ma faute, je vais aller faire un tour, continue Marc sur sa lancée. Alors profitez-en pour vous amuser et vous détendre pendant que je ne suis pas là, puisque c'est moi qui vous empêche de vivre. Oh là là ! Je vous envie ! Rien qu'à voir vos têtes, j'imagine comment vous allez vous éclater, bande de tarés dépressifs !

Il se dirige brusquement vers le buffet sur lequel Édouard a posé les clefs de la voiture. Manque de se prendre les pieds dans le tapis. Percute une chaise. Claire intervient :

— Marc, je ne sais pas si c'est une bonne idée de conduire. Tu n'es pas en état de…

Marc s'arrête net. Il lui tourne le dos et ne prend même pas la peine de lui faire face pour lâcher entre ses dents :

— Fous-moi la paix ! Je crois que ça vaut mieux. Parce que je ne sais pas si je vais parvenir à rester courtois encore longtemps…

Agathe se réveille, cligne des yeux et fait claquer douloureusement sa langue contre son palais. Elle a un sale goût dans la bouche. Pourtant, elle n'a pas vomi. Enfin, autant qu'elle s'en souvienne. Elle ne comprend pas ce qui se passe. Rien à foutre. Toujours la même chose. Le grondement incessant de la colère et de la frustration. À quoi bon.

Quelques secondes plus tard, Édouard rejoint Julien dans sa chambre. Il est assis sur le lit, le regard fixe. Édouard ferme doucement la porte derrière lui, en vérifiant que personne ne l'a suivi, et s'installe à côté de son ami.

— Julien, ça va ? Tu veux qu'on arrête ? Je comprendrais parfaitement que ça devienne trop pénible pour toi. Je n'aurais pas dû accepter que tu viennes constater par toi-même, hier soir, la… enfin… Claire et Marc… C'était une très mauvaise idée. Si tu savais comme je le regrette ! Je suis vraiment désolé. J'ai mal évalué les conséquences.

Julien s'anime subitement et tourne vers Édouard un visage barré d'un immense sourire qui refroidit instantanément la pièce.

— Oh, non, Édouard ! Au contraire, c'était très bien. Il fallait que je cesse de me raconter des histoires, que je me confronte enfin à la vérité. J'ai consacré beaucoup trop d'énergie à tout nier. Toute ma vie, depuis Agathe jusqu'à aujourd'hui. Non, vraiment, c'est très bien, ça m'a ouvert les yeux. Je t'assure. J'étais en train d'en crever… Enfin… j'en crève encore, mais ce n'est pas pareil…

Son visage se ferme à nouveau, et il baisse péniblement la tête. Édouard se sent mal. Cette petite pointe brûlante de migraine au-dessus de son sourcil droit. Habitué à toujours tout maîtriser, il sent d'instinct que quelque chose lui a échappé. Quelque chose d'énorme, d'immanquable pourtant, d'effroyable. Il n'est vraiment pas certain que cet électrochoc ait été bénéfique pour Julien. Sans doute est-il préférable de tout stopper en urgence. Un vigoureux coup de frein à main, avant le crash. Il y aura des dégâts, c'est évident. Mais des dégâts réparables. Il a désormais l'impression que chaque minute qui passe les conduit inexorablement vers une catastrophe qu'il ne parvient pas à nommer mais qui le terrifie.

— Écoute, Julien, je vais être franc avec toi : moi, je ne me sens pas bien. Il y a quelque chose qui déconne. Quelque chose de dangereux. Je ne sais pas quoi, mais je pense qu'il faut qu'on leur raconte tout. On explique et on voit ce que ça donne. Je te promets, fais-moi confiance. Il vaudrait mieux tout stopper maintenant.

À nouveau traversé par une onde d'énergie, comme une impulsion électrique erratique, Julien se tourne vers Édouard, les yeux exorbités.

— « Il y a quelque chose qui déconne » ? Sans blague, Édouard ! Comme si c'était une révélation ! Non, on n'arrête rien du tout. Ça ne fait que commencer. Ils n'ont pas assez flippé. On les a encore épargnés. Faut tenir bon, continuer. Ne t'inquiète pas, je suis juste un peu fatigué, mais je vais prendre mes médicaments…

J'ai oublié de les prendre ce matin… Ça ira beaucoup mieux après. On doit terminer ce qu'on a commencé. Tu entends ? Sinon ça voudrait dire qu'une fois encore, ils ont été plus forts que nous. Et ça, ce n'est pas possible… Ce n'est plus possible.

La porte d'entrée claquée violemment fait vibrer les murs de la maison. Édouard, pourtant alourdi par les dernières paroles de Julien, se lève d'un bond pour regarder par la fenêtre qui est sorti de façon si rageuse. Même s'il connaît déjà la réponse.

— Évidemment, c'est Marc, déclare-t-il en observant la scène. Il s'approche de la voiture. Il a l'air furieux et complètement bourré. S'il part maintenant, ça va tout compliquer, non ? Vu son état… Julien, ça devient trop dangereux. Il est impératif de mettre fin à tout ça... Parce qu'en plus, j'imagine qu'avec tous ces contretemps, tu n'as pas eu le temps de préparer la bagnole ?

C'est Marc qui répond involontairement à la question. Il fait le tour de la voiture et tape dans les pneus avant. Dégonflés. Le Capitaine entre dans une colère noire. Il ouvre la portière, s'installe au volant et met le contact. Édouard soupire, las et exaspéré.

— Ah, le con ! Il veut quand même partir, ivre mort, hors de lui, et avec les pneus à plat. C'est bien son genre, tiens : plus fort que la mort. J'espère que personne ne croisera sa route. Mais… Dis donc… J'ai l'impression qu'il ne parvient pas à démarrer. Il doit être trop saoul. Et le voilà, maintenant, le nez dans le moteur. Mais qu'est-ce qu'il fout ? Viens, Julien, on va voir ce qu'il se passe.

Quand Édouard se retourne, Julien est à quelques centimètres de lui. Il a les larmes aux yeux. Édouard ne l'a pas entendu approcher. Cette présence presque fantomatique lui glace les os. D'une voix faible, presque geignarde, Julien demande :

— Édouard, tu es toujours avec moi, n'est-ce pas ? On est toujours d'accord : on est ensemble jusqu'au bout ? Quoi qu'il arrive ?

Édouard a l'impression que le sol vibre légèrement sous ses pieds. Il y a bien quelque chose d'énorme qui lui échappe et approche à toute vitesse. Il sent qu'il va le prendre de plein fouet et que ça va être monstrueux. Il n'aurait jamais dû embarquer Julien dans cette histoire. Il aurait dû s'en occuper tout seul, comme il l'avait prévu. Juste pour les emmerder et leur rendre la monnaie de leur pièce. Les sortir de leur indifférence et de leur suffisance. Leur apprendre ce que c'est qu'avoir peur, ce que c'est que craindre le pire de la part de ceux qu'on aime ou dont on se croit aimé. Être méchant « en toute amitié », comme ils le sont avec lui. Mais ce soir-là, quand Édouard avait découvert Julien prostré sur son paillasson devant son appartement, il n'avait rien trouvé de mieux pour lui redonner du courage. Et, en effet, cela avait très bien fonctionné. Julien avait tout de suite adhéré à son projet. Intrigué, excité, flatté, il avait retrouvé un peu d'énergie. Et c'était tout aussi bien, parce qu'Édouard aurait eu vraiment du mal à le mettre à l'épreuve comme les autres. Julien avait été le seul à se préoccuper de lui à la mort de ses parents. Il avait été le seul à le regarder dans les yeux sans avoir eu peur de se faire happer par son désespoir. Le seul.

Repensant à la genèse du projet, en proie à une subite bouffée de tendresse, Édouard ouvre grand les bras et serre Julien contre lui.

— Bien sûr que je suis avec toi ! Bien sûr que nous sommes ensemble. N'en doute pas un seul instant.

La porte d'entrée claque à nouveau.

— Édouard ! Ramène immédiatement ton cul ici, espèce de sale connard ! hurle Marc à pleins poumons. Tu ne vas pas t'en tirer comme ça. Je veux des explications, et tout de suite.

19

Édouard retourne dans la salle de séjour. Agathe, Claire et Sylvie semblent être restées exactement à l'endroit où il les a laissées un peu plus tôt. Marc fait les cent pas. En apercevant Édouard, il se jette sur lui et lui attrape les épaules. Il fait manifestement de gros efforts pour se contenir et maîtriser sa voix.

— Édouard, maintenant, on arrête tout. Tu cesses ce petit jeu stupide, tout ce bordel… Si ça te fait plaisir, on dit que tu as gagné, même si, en l'absence de règles officiellement édictées, je ne vois pas bien comment je pouvais avoir la moindre chance. Mais je m'en fous. J'exige des explications. Maintenant !

Édouard n'est pas impressionné par la présence pourtant massive et prédatrice de Marc. Il se fait même la réflexion qu'à y regarder de plus près, la beauté du Capitaine n'est plus qu'un lointain souvenir. Son visage flasque est presque répugnant. Et, surtout, il semble terrorisé. Enfin ! La situation procure à Édouard une sorte de plaisir quasi sexuel qui le fait frissonner. Galvanisé par cette jouissance inattendue, il esquisse avec langueur et gourmandise un sourire un brin carnassier.

— Mais de quoi tu parles, Marc ? Quel jeu ? Quelles règles ? Tu es certain que tout va bien ?

Il n'en faut pas plus à la colère à peine réfrénée de Marc pour déborder et éclabousser toute la pièce. Le Capitaine plaque violemment Édouard contre un mur et hurle sans la moindre retenue :

— Espèce d'ordure, de tortionnaire, de saloperie ! Pourquoi y a-t-il quelqu'un dans ta cave ? Pourquoi les pneus avant de la bagnole ont été crevés ? Pourquoi l'essence a été siphonnée ? Pourquoi les bougies ont été enlevées ? C'est qui, ce Tony ? Ton complice ? Tu me prends pour un con ou quoi ?!

La douleur fulgurante du choc, cet accès de folie qui entrouvre la porte au pire… La belle assurance d'Édouard s'évanouit d'un coup, laissant place à une peur panique. Et puis l'essence ? Les bougies ? Il n'a jamais été question de cela. Il ne comprend pas. Souffle coupé, épaules bloquées, il tente de reprendre la parole, en suppliant presque :

— OK… Marc, lâche-moi, s'il te plaît. Je vais tout t'expliquer. C'est bon, tu as gagné. Arrête.

Marc hésite. Agathe et Sylvie réagissent enfin, comme si, dans un combat silencieux et titanesque avec leur effroi, elles étaient parvenues à briser les chaînes invisibles qui les maintenaient immobiles. Comme des dresseuses de fauves, elles s'approchent doucement de Marc et profèrent d'instinct toutes les litanies d'appel au calme et à la paix dont les plus faibles usent en dernier recours depuis la nuit des temps. Marc accepte de lâcher Édouard. Sans se presser, en continuant à l'écraser contre le mur, en lui rappelant à travers la douleur qu'il distille en continu qu'il reste le maître et qu'à tout moment, il peut lui rompre la colonne vertébrale. Édouard l'a bien compris. Il ne sourit plus. Il reste concentré pour ne laisser échapper aucune parole malheureuse. Une fois libéré, il chancelle jusqu'à un fauteuil et s'effondre. Claire court dans la cuisine chercher un broc d'eau et des verres. Agathe sert à tout le monde une généreuse rasade de whisky. Édouard parvient à reprendre ses esprits et, dans un souffle, demande :

— Marc, tu es sûr pour l'essence et les bougies ?

Marc ne cesse de le fixer du regard. Le visage crépusculaire, les orbites creusées par la haine. En entendant cette question, une subtile touche d'incrédulité vient nuancer son expression meurtrière.

— Oui, j'en suis sûr, répond-il avec le faux calme des brutes qui ne doutent aucunement de leur emprise sur leur proie. Pourquoi ? Les pneus, en revanche, ça ne te pose aucun problème ? Ça, c'est normal ?

Au même moment, Agathe avale cul sec le contenu de son verre et, semblant prise d'une inspiration aussi subite qu'intempestive, s'écrie :

— Mais c'est quoi, cette histoire ? Il y a quelqu'un dans la cave ? Marc, qu'est-ce que tu racontes ?

Marc détourne un bref instant son attention d'Édouard pour signifier à sa femme de se taire. Ce n'est pas la priorité. Effet garanti : Agathe tente une pathétique scène de bouderie, se ressert une rasade et s'affale à l'autre bout de la pièce en feignant de feuilleter un magazine de jardinage. Édouard profite de ce répit pour réfléchir à toute vitesse et, contre toute attente, opte pour la vérité, qui lui paraît moins périlleuse. Cette découverte le déconcerte. À froid, il ne l'aurait sans doute pas envisagé, ou juste pour se moquer. Le monde ne serait pas l'enfer qu'il est si cette histoire pour enfants qui voudrait nous faire croire que « dire la vérité » est une vertu suprême avait la moindre chance de se réaliser.

Marc est à nouveau au-dessus de lui. Dents et poings serrés. Il a toujours l'air vieux, vieux et redoutable. Alors la vérité. Simplement la vérité. À ce stade, il ne reste plus que ça.

— Édouard, je vais essayer de rester calme. Tu peux remercier les filles de m'avoir empêché de te démonter la tête. Mais si tu ne me réponds pas rapidement – et quand je dis rapidement, c'est sur-le-champ –, je crains qu'elles ne parviennent pas à renouveler ce petit miracle.

Édouard acquiesce, fait mine de reprendre sa respiration avant de parler et enchaîne, déterminé :

— Oui, les pneus, c'est normal, je te le confirme. Je t'expliquerai pourquoi, et c'est très facile à réparer. On a le matériel, ça nous prendra un quart d'heure à tous les deux. C'était une blague. Juste une blague, rien de grave. En revanche, l'essence et les bougies, ça, ce n'était pas prévu, et je n'ai rien pour y remédier. Ce doit être Tony, en partant, qui a voulu couvrir sa fuite… Je ne vois que ça. Ça paraîtrait logique. Et, pour finir de répondre à tes questions, non, Tony n'est pas mon complice. Sa venue n'était pas préméditée.

Marc est cramoisi. Alors qu'il est sur le point de laisser exploser sa fureur, Julien fait son entrée. Pâle comme un linge, il gémit doucement. Claire se précipite vers lui et le prend sous les aisselles, comme pour prévenir une chute.

— Julien, ça va ? s'inquiète Sylvie. Tu as une tête effroyable.

Marc est contrarié par cette arrivée qui capte toute l'attention dans la pièce. Un agacement qu'il transforme aussitôt en opportunité pour continuer à déverser sa frustration et son mépris sans ménagement.

— Tu l'as déjà vu autrement qu'avec une mine effroyable depuis qu'on est là ? Et même depuis qu'on le connaît ? C'est le maître queux de la soupe à la grimace, trois étoiles au Gault & Millau des tue-la-joie. Qu'est-ce qu'on en a à foutre de ses états d'âme ? Merde ! Claire, pose ton macchabée sur le canapé, et maintenant, fermez vos gueules, qu'on ait le fin mot de cette histoire. Après ça, dispersion, tout le monde se tire de cette baraque. J'en peux plus de vos gueules de sacs à merde.

Personne ne réagit à la violence de ces propos. Claire exécute les ordres de Marc, qui plonge de nouveau ses yeux dans ceux d'Édouard et articule lentement :

— Les pneus, c'est normal, donc ? Tu peux m'en dire plus, espèce de fils de pute ?

Édouard tressaille. Marc déraille. Il va trop loin. Son regard brutal, cette façon minable de l'insulter. Il veut reprendre la main salement, enivré par son sentiment de supériorité. Mais Édouard, piqué au vif, se ressaisit. C'est lui qui est censé mener la danse, c'est lui qui a tout organisé. Il ne va pas abandonner maintenant, aussi facilement. Il n'a rien à se reprocher. Il avait d'excellentes raisons pour agir comme il l'a fait. Une affaire d'expiation – un terme bien plus respectable que « vengeance ». Une expiation, qui plus est, salutaire pour tous. Hors de question de repartir dans cette danse macabre de soumission au plus violent.

— Tu arrêtes ça tout de suite, Marc. Je veux bien comprendre que tu sois stressé, c'était clairement le but recherché. En revanche, pas d'insultes, on est d'accord ?

Marc est d'accord. Plus d'insultes. Cette convention tacite a toujours été au cœur de leur relation.

Et le Capitaine en a profité très largement. Il décide de la respecter de nouveau, sentant bien que s'il fait sauter ce très léger vernis de civilisation entre eux, le pire est envisageable. Édouard en tire avantage pour reprendre la parole, en se massant le cou ostensiblement et en grimaçant de douleur. Provoquer un peu de compassion – voire de la pitié, à ce stade, il n'est pas regardant – lui sera bien utile.

— Installez-vous confortablement. Je vais tout vous expliquer. En fait, c'était une idée complètement conne, je m'en rends compte maintenant. J'espère que vous aurez la force de m'excuser.

Julien relève brusquement la tête en entendant Édouard qualifier leur coup monté d'« idée complètement conne ».

— Édouard… Enfin… Édouard… bafouille-t-il, paniqué. C'était pas… Non, je ne suis pas d'accord. Au contraire, c'est une idée formidable. Pourquoi tu renies tout comme ça ? Je ne comprends pas. Tu m'as dit que tu étais avec moi, non ? Qu'on était ensemble ? Alors pourquoi tu dis ça ?

Marc parvient difficilement à museler sa rage et à résister au désir furieux de leur arracher la parole. Il a envie de se jeter sur Julien pour lui demander comment ça se fait que lui, Julien, le gars minable qui ne sert à rien si ce n'est à étalonner leur niveau d'excellence, soit au courant de ce qui se passe. Que signifie cette complicité contre nature qui l'exclut avec autant de désinvolture de leur groupe historique ? Mais ce n'est plus à lui de parler. C'est à lui d'écouter. À la limite de son champ visuel, il perçoit comme une forme hideuse, tapie, qui pourrait l'engloutir sans prévenir s'il ne prend pas le temps de comprendre ce qui se joue depuis leur arrivée. À ce moment précis, il sait que sa colère et sa violence sont des mets de choix pour ce monstre qui rôde trop près de lui.

Édouard ferme les yeux un court instant, les rouvre et répond posément à Julien, qui l'écoute avec avidité, comme s'ils étaient seuls dans la pièce.

— Bien sûr que je suis avec toi. On est toujours ensemble. Je n'ai pas l'intention de désavouer ce que l'on a organisé. Nos raisons sont toujours valables… En fait, c'est vrai, je me suis mal exprimé et je te demande pardon. Ce n'est pas complètement con. C'est l'enchaînement qui ne va plus, avec cette intrusion de Tony… C'est toujours comme ça, en fait : prévoir, espérer, désirer, c'est facile ; ce qui advient après, en revanche, c'est une tout autre histoire. Il suffit d'un rien et…

Julien ne le laisse pas terminer sa phrase.

— Ah ! Je te l'avais bien dit, qu'héberger Tony, ce n'était pas une bonne idée. Tu m'as répondu que c'était rigolo, que ça exciterait forcément leur parano naturelle… Mais, moi, je savais que ça allait tout foutre en l'air, et tu ne m'as pas écouté. Comme toujours. Tu m'avais pourtant promis, au début, qu'on faisait ça ensemble et que mon avis comptait autant que le tien. Mais c'est faux. J'y ai cru, bien sûr… Alors qu'il n'y avait aucune raison pour que ça change, comme ça, d'un coup, après toutes ces années… C'est moi qui suis con, tellement con !

Submergé par une vague d'angoisse qui tétanise son esprit et enserre sa cage thoracique, Édouard fixe Julien. Ce dernier sort un mouchoir pour s'éponger le front – il est en nage. Rien d'étonnant avec l'énorme pull en laine qu'il porte alors qu'il fait encore doux pour la saison. Édouard réalise soudain l'incongruité de cette tenue. Portait-il déjà ce pull tout à l'heure, quand ils discutaient dans la chambre ? Et pendant le repas ? Impossible de s'en souvenir. Ce dont il est certain, c'est qu'il doit d'abord calmer Julien, qu'il n'a jamais vu dans un état pareil. Quelque chose lui échappe, une fois encore, et mais cette fois-ci, il n'est pas certain de parvenir à reprendre la main.

— Julien, rien n'a changé, ton avis compte autant que le mien. Mais je ne pouvais pas jeter ce pauvre gars sur les routes, en pleine nuit, avec ce qui nous a, à toutes et à tous, semblé être une entorse sérieuse…

L'échange entre les deux hommes tétanise l'assemblée. Chacun a conscience de l'importance vitale de ce qui se joue. Tous sentent la poigne poisseuse de la peur immobiliser leur corps et leur esprit. Mais la peur de quoi ? De qui ? De Julien, cet homme insignifiant qui leur a toujours paru être l'individu le plus inoffensif de la planète. Comme si son ombre portée sur le mur ne lui ressemblait plus et ondulait comme des serpents enchevêtrés. Édouard se rapproche doucement de Julien. Il se fait violence car, à cet instant, il préférerait mettre le plus de distance possible entre lui et cet homme hagard qui le regarde fixement.

— Julien… tu veux bien expliquer à nos amis ce qu'on a mis au point, toi et moi ? Ça me ferait plaisir que ce soit toi qui le fasses. Tu as tellement contribué à ce projet. Sans toi, ç'aurait été impossible, j'en prends conscience…

La manœuvre est énorme. Mais Julien n'est plus suffisamment lucide pour s'en rendre compte. Édouard avait envisagé la possibilité que son ami vrille en découvrant la trahison de sa femme. Mais cette éventualité ne l'avait pas inquiété. Julien a toujours su garder la tête hors de l'eau. Édouard s'était dit qu'au pire, si son complice s'effondrait, le miracle de la chimie qu'il ingurgite depuis des années lui permettrait de tenir jusqu'à la fin du week-end. Mais maintenant qu'il voit Julien dans cet état, le visage brouillé de désespoir et de rage, il prend conscience que cet effondrement pourrait les engloutir tous.

Julien ouvre lentement la bouche, comme pour reprendre sa respiration, et répond d'une voix étonnamment calme :

— Très bien, je vais tout vous raconter. Mais vous m'écoutez. Vous ne m'interrompez pas toutes les deux minutes, d'accord ? C'est une demande très sérieuse. Je n'aurai pas la patience. C'est fini, ça.

Personne ne bronche. Julien semble aussi dangereux que s'il tenait entre ses mains tremblantes une grenade dégoupillée.

20

— Ce n'est pas très compliqué. Avec Édouard, on a eu envie de vous jouer un tour. De vous mettre dans une situation délicate, et puis de vous regarder vous débattre. Profiter du spectacle. Sans souffrir, pour une fois. Même si, au final… Est-ce que c'est possible de vivre sans souffrir, même quelques instants ? Je ne sais pas si vous vous en êtes rendu compte mais… Comment vous dire ça pour que vous compreniez ? Les liens qui nous unissent les uns aux autres sont tellement confus, trafiqués, corrompus, que les mots, même les plus précis, les mieux choisis, ne parviennent pas à exprimer vraiment leur nature. Les mots qui pourraient le faire n'ont pas été inventés, je crois. Et c'est sans doute préférable, parce que s'ils existaient, ils seraient laids, puants, grotesques, effrayants… Si bien que personne ne voudrait jamais les utiliser. Édouard, Julien et Marc, les trois comparses. Leurs épouses, leurs maîtresses. Leurs bonheurs, leurs tristesses. Leurs mensonges, leur mépris. Leur douleur, leur fureur. Que de la merde.

Julien se tait et se frotte longuement les yeux. Personne ne bouge, personne ne tente de prendre la parole. Tout le monde semble déboussolé. Même Édouard est défiant.

— Excusez-moi, je m'égare, reprend Julien. Revenons à notre projet. Vous savez, Édouard a été très déçu de votre absence lorsqu'il a perdu ses parents. Et surtout lorsqu'il a voulu en finir avec la vie. Parce que c'était bien ça, contrairement à ce que vous vous êtes tous raconté : une tentative de suicide. Je vous le dis parce que je sais qu'il ne le fera jamais, et j'en ai marre que vous passiez votre temps à trafiquer la vérité. Faut avouer que, vous, ça vous arrange bien de ne pas savoir. De ne pas vouloir savoir. Ou plutôt de savoir et de faire semblant. Moi, j'ai essayé d'être là pour lui, d'être présent, mais il ne m'a pas vraiment vu – Édouard essaie de protester, mais Julien lève une main – non, Édouard, ne t'inquiète pas, je ne t'en veux pas. C'est comme ça, ç'a toujours été comme ça. Notre trio n'a jamais existé. Tout au plus un duo avec une excroissance calamiteuse : moi. C'est Marc que tu attendais, de toute ton âme. Mais il n'est pas venu, et tu ne m'as pas remarqué, aveuglé par ta déception. Je ne t'en veux pas, je te le promets.

Il s'arrête une fois encore, l'air épuisé. Une grimace de douleur électrise son visage un court instant. Marc prend l'avantage de ce silence et, d'une voix tenue bride serrée comme un cheval de parade nerveux, demande :

— Il n'y a personne dans la cave, c'est ça ?

Julien se met à rire subitement. De bon cœur. Comme une explosion salvatrice. Les autres y voient un signe encourageant et lui emboîtent le pas timidement en riant doucement, du bout des lèvres, attentifs aux dégâts que ce brusque changement d'humeur pourrait provoquer. Une grosse poignée de secondes, comme des billes, rebondissent sur le plancher et les murs du salon. Alors que son rire n'est plus qu'un souffle rauque, Julien s'essuie les yeux. Édouard, abasourdi par ce long exposé, tente une sortie. Il veut reprendre la main, empêcher Julien de finir sa course. Il ne s'attendait pas à ce qu'il évoque de cette façon la mort de ses parents, sa tentative de suicide... Il le sent partir loin, trop loin, vers un lieu dangereux, non cartographié et sans retour possible.

— Sacré Marc ! Pas vrai, Julien ? Il faut toujours qu'il montre qu'il a compris avant tout le monde ! C'est notre Capitaine, on ne le refera pas !

Julien acquiesce sans un mot. Édouard poursuit, surfe sur le mutisme de son complice pour lui dérober la parole sans la lui couper. Il grime ses propos d'une bonne humeur surjouée.

— Eh bien, oui, Marc, il n'y a aucun prisonnier au sous-sol. Bravo ! Tu es vraiment très fort... Mais pour qui tu me prends ?! Sérieusement ! C'est incroyable qu'avec ce que tu as entendu, tu aies pu imaginer que je détenais quelqu'un dans cette cave ! Que tu n'aies pas envisagé une autre hypothèse ! C'est juste un enregistrement, Marc. Des gémissements, des appels au secours, et quelques bruits de chaîne de temps en temps, en boucle. Je peux le gérer à distance. Pas pire que les vidéos de feu de cheminée ou d'aquarium.

Agathe intervient, exaspérée :

— Attends, Édouard... Un enregistrement de quelqu'un qui gémit ? Mais ça rime à quoi, tout ça ? Qu'est-ce que tu veux nous dire ?

— Ça ne rime à rien. J'avais juste... Enfin, Julien et moi, on avait juste envie de vous faire flipper et de découvrir votre réaction. Tu vois, Agathe, je crois sincèrement qu'on se déteste, tous autant qu'on est. On est juste confits, bien au chaud, dans la mauvaise graisse d'une amitié pervertie et, pour les couples, d'un amour frelaté. Juste pour alimenter l'illusion qu'on n'est pas seuls, comme si être seul était la pire chose qui puisse nous arriver. Alors, pour éviter ça, on s'échine à faire semblant d'être « ensemble » et au passage, bien évidemment, on souffre et on se fait souffrir à en crever. L'idée m'est venue alors que je lisais un mauvais roman – comme quoi même les mauvais romans ont de la ressource – dans lequel les personnages, confrontés à divers dangers, révèlent leur véritable nature. Le courageux, le menteur, le généreux, l'opportuniste… Chacun présentant au premier abord des traits de caractère très éloignés de sa nature réelle. La différence, c'est qu'avec vous, je savais par avance ce que j'allais découvrir. Mais en l'expérimentant, en restant le maître du jeu, je me donnais les moyens de ne plus me raconter d'histoires pour vous trouver des excuses. Et pour m'en trouver à moi-même. Une sorte d'épreuve de vérité, sans filtre. Pour mettre fin à toute cette mascarade. Mais on n'est pas allés jusqu'au bout, et c'est bien dommage.

Marc s'est levé. Il fait les cent pas et déclare calmement :

— Je vais tenter de résumer tout ce merdier sentimentalo-grotesque pour avoir les idées claires. Tu nous as fait venir dans ta baraque après des mois et des mois de harcèlement, tu as coupé le téléphone pour qu'on se retrouve seuls au milieu de nulle part sans moyen de communication et tu t'es dit que, quand la situation deviendrait flippante, notre vraie nature se révélerait. Tu nous as donc catégoriquement interdit l'accès à la cave, en sachant pertinemment que l'un de nous ne saurait résister à l'envie de transgresser cet interdit. Et, bien entendu, ce rebelle, ce ne pouvait être que moi. Ensuite, tu nous as fait le coup de la caisse de vin qui t'est tombée dessus et tu t'es griffé, laissant à Claire le soin de remarquer l'aspect suspect des griffures. Puis tu as rendu la voiture inutilisable pour nous couper encore plus du reste du monde… C'était quoi, la suite ? À aucun instant, tu ne t'es dit que quelqu'un allait te casser la gueule ?

Le Capitaine s'est rapproché d'Édouard, qui ne semble pourtant pas inquiet. C'est le moment de bascule : si Édouard cède, s'il laisse transparaître le plus infime doute, il est mort. Ce qui lui permet de rester en énergie haute, c'est, à la limite de son champ visuel, Julien, qui s'est immobilisé et respire vite et fort. Il se dit qu'il ne doit pas faiblir pour éviter le pire. Et ce pire, ce ne sont pas tant les menaces à peine voilées de Marc que l'état de stress avancé de Julien.

— C'est un très bon résumé, dit Édouard. Et inutile de tenter de me faire peur. Tu te demandes quelle va être la suite ? Il n'y en aura pas. Tu n'as peut-être pas compris, alors je le répète : on arrête tout. Mais je ne suis pas déçu par ce que j'ai pu observer. Notamment, ta réaction lorsque tu as entendu quelqu'un appeler au secours. Tu n'as rien fait, tu es juste allé te coucher. Et quand tu es venu me menacer de tout révéler, j'ai pu très facilement te faire taire en te…

— Hé ! Attends ! s'offusque Marc. Ça ne va pas recommencer, ce mauvais procès ! Tout me mettre sur la gueule comme…

Pour la toute première fois de son existence, Julien coupe la parole au Capitaine. Sans la moindre hésitation, comme un coup de hache parfaitement ajusté, bûche fendue en deux, net et foudroyant.

— T'inquiète, Marc, pas la peine de t'échiner à cacher la vérité en hurlant et en empêchant Édouard de terminer sa phrase. Je suis au courant. Je vous ai vus, tous les deux, toi et Claire, baiser dans le grenier.

Claire se fige. Marc déglutit et regarde Agathe, qui est impassible et continue à lire. Sylvie commence à sangloter.

— Oh, merde, Sylvie, arrête ça ! tempête Marc, qui use sans vergogne de la diversion que son amie lui offre. Ça va quand même pas être ta solution à tous les problèmes, de chialer !

Julien poursuit. Rien ne semble pouvoir l'arrêter.

— Je répète pour être certain que tu as bien entendu. Je vous ai vus, toi et ma femme, en train de baiser dans le grenier au milieu des tapis. Je ne comprends pas... Il y a plein de choses que je ne comprends pas, en fait. Pourquoi est-ce que tu t'acharnes comme ça à me voler toutes les femmes que j'aime ? Sylvie, tu te l'es faite aussi ?

Marc fait signe que non, pour le rassurer, mais se rend compte aussitôt que sa réponse est pire que tout.

— Et puis pourquoi passes-tu ton temps à tromper ta femme, si tu es si comblé par ton couple et ta famille ? continue Julien. C'est bien ça que tu nous racontes à longueur de journée : ta famille, ce que tu as de plus cher au monde, ce qui te motive à te lever le matin, ta plus belle réussite que rien ni personne ne pourra jamais t'arracher, blablabla... Et comment peux-tu trouver moralement acceptable de laisser une personne souffrir, voire mourir, dans une cave pour cacher ton adultère ? Édouard a raison : c'est dommage qu'on doive arrêter maintenant, parce que rien qu'avec Marc, on a de quoi observer et questionner la nature humaine... Et désespérer.

Claire s'engouffre dans le silence qu'il laisse flotter.

— C'est pas du tout ce que tu crois, Julien. Enfin, si, je ne le nie pas, Marc et moi avons couché ensemble. Mais, d'abord, il faut que tu saches que c'est terminé. Et cette décision n'a rien à voir avec le fait que tu viens de le découvrir. Je l'avais prise bien avant et je l'ai annoncée à Marc hier soir, il peut le confirmer.

Marc ne dit rien, il est en pleine réflexion et ne paraît pas écouter.

— La vérité, c'est qu'il ne m'a pas séduite, ajoute Claire. Il n'a pas cherché, une fois encore, à te dérober celle que tu aimes. Pas du tout. C'est moi qui l'ai décidé. C'est moi qui l'ai séduit. Il a cédé facilement, je te l'accorde, mais ce n'est pas lui qui a fait le premier pas. Si j'ai agi ainsi, c'est pour toi.

Julien, qui semblait avoir décroché, a l'air de nouveau pleinement présent. Il reporte son attention sur son épouse.

— J'ai bien conscience que, dit comme ça, c'est totalement absurde, mais écoute-moi attentivement, tu veux ? continue Claire. On n'arrive pas à avoir d'enfant. Les tests sont sans appel. Je suis parfaitement fertile, mais toi, avec le stress, la dépression, ou je ne sais quoi… Tu dois bien comprendre que je ne suis pas en train de sous-entendre que tout est ta faute, hein ? Mais ta fécondité est… en difficulté. Alors je me suis dit que pour t'offrir ce môme que tu désires tant… et que moi aussi, je veux, bien entendu... j'allais me faire… féconder ailleurs. Juste ça : utiliser de la semence. Rien de plus. Si j'ai choisi Marc, et pas Édouard ou un parfait inconnu, c'était aussi pour te venger de lui. Parce que j'ai toujours trouvé son attitude dégueulasse vis-à-vis de toi. Si ça avait fonctionné, l'enfant que je t'aurais fait aurait été de lui sans qu'il le sache. Pour une fois, et quelle fois ! Tu aurais utilisé le Capitaine comme un objet. Quelle revanche, non ?

Tandis que les autres peinent à digérer cette révélation, Marc, qui, depuis que Claire a pris la parole, guette le moment où il pourra intervenir, se jette tête la première dans le court silence qu'elle laisse vacant.

— Je ferai remarquer que je n'étais pas le seul à être au courant pour la cave. J'ai raconté à Claire que j'avais entendu quelqu'un appeler au secours, et elle a préféré faire comme si de rien n'était…

Et il stoppe net. Il semble enfin prendre la pleine mesure de ce que Claire vient de confesser.

— Mais attends, qu'est-ce que tu as dit ? Mais t'es complètement dingue ! Tu es une grande malade, Claire !

L'air menaçant, Marc se rapproche d'elle. Elle ne cille pas. Édouard lève les bras et crie :

— Stop ! Arrêtez !

Tous se figent instantanément, comme des statues de cire. Sylvie, en train de se moucher. Agathe, lisant pour la centième fois la même page de son magazine. Julien, impassible, comme débranché ou sur pause. Marc, furieux, penché au-dessus de Claire, qui est restée assise, visiblement résignée à subir sa colère. Édouard ne s'attendait pas à un tel résultat. Il en profite pour tenter une ultime manœuvre de pacification.

— Je suis désolé, tellement désolé… J'avais envie de vous foutre la trouille, j'avais envie que les masques tombent, mais là, je crois que j'ai dépassé les limites.

C'est trop, beaucoup trop... Je vous présente mes excuses, sincèrement. J'ai honte d'avoir organisé tout ça. Écoutez, voilà ce que je vous propose : je vais aller chez Marie, au village. Je suis certain que son fils sera d'accord pour m'emmener à la ville. Je tenterai de louer une voiture ou je trouverai une dépanneuse, je ne sais pas encore, mais je vous promets qu'on va partir d'ici au plus vite. Bien entendu, je prendrai tous les frais à ma charge, ne vous en faites pas. Je vais nous sortir de là. Je suis vraiment désolé...

Tout le monde le regarde sans faire le moindre commentaire. Une nouvelle éclaboussure de silence. Puis Marc répond, faussement calme :

— Pourquoi pas, Édouard. Pourquoi pas... Toute cette générosité d'un coup, ce *mea culpa* mielleux comme tu sais si bien les faire... Mais tu vois, c'est plus fort que moi, j'ai un doute, maintenant. Et si, finalement, tu avais réellement enfermé quelqu'un dans la cave ? Et si tout ça n'était qu'un recours de dernière minute pour nous faire partir et dissimuler la vérité ?

Édouard ne parvient pas à contenir un éclat de rire. Une explosion de soulagement. Une hilarité libératrice. Marc se tend à nouveau. Un vilain rictus d'hostilité barre son visage. Claire en profite pour se lever et se rapprocher de Julien, qui ne réagit pas quand elle lui prend la main.

— Oh non, Marc ! Pardon, dit Édouard. Ne crois pas que je me moque de toi. Pas du tout, au contraire ! Bien entendu, ce serait tout à fait crédible et, vu la situation absurde dans laquelle je nous ai mis, tu as raison, tout est possible... Même ce qui peut paraître insensé. Si je ris, c'est parce que ça me fait du bien de constater qu'il reste de la marge : tu penses que je peux faire pire que ce que j'ai avoué. Comme quoi on a tous une vision épouvantable les uns des autres. Nous avons encore quelques points en commun. Allez, venez ! Avant de partir nous dénicher un moyen de décamper d'ici, je vous propose une visite de cette cave maudite. Comme ça, vous découvrirez par vous-mêmes que ce que je vous ai raconté est vrai. Ensuite, vous aurez le droit de vous foutre de ma gueule jusqu'à la fin de nos jours !

Édouard a l'air sincèrement joyeux. Comme libéré. Il a l'impression d'avoir évité la catastrophe en faisant amende honorable. Il ne peut pas s'empêcher d'être ravi de les avoir manipulés de la sorte. Bien entendu, il est effaré par les révélations de Claire et pense brièvement à la souffrance que doit ressentir Julien. Mais, pour l'heure, son esprit est occupé à trouver une solution pour les tirer de ce mauvais pas et en récolter les bénéfices. Il prendra le temps de discuter avec Julien un peu plus tard.

Agathe, quant à elle, semble n'avoir entendu que la proposition de visiter la cave. Elle pose son magazine pour suivre la petite troupe. Sylvie s'approche d'elle et la regarde le plus intensément possible pour lui signifier qu'elle est à son entière disposition pour parler, si elle en ressent le besoin. Mais Agathe l'ignore avec force. Si elle en était réduite à chercher du réconfort auprès de cette fille encore plus paumée qu'elle, ce serait le signe de la fin.

Julien retire sa main de celle de sa femme. Claire est frigorifiée. Seule, nue, nauséeuse. Coincée entre le cauchemar et la réalité, sans parvenir à déterminer lequel est le pire. Prisonnière comme on l'est parfois de ces instants d'enfer où l'on donnerait tout pour revenir en arrière. Effacer les quelques secondes terrifiantes qui transforment une existence confortable en un chaos absolu. Quelques secondes, jamais plus.

— Allez, on y va, lance Édouard. Ensuite, j'irai au village. Je suis certain que tout cela ne sera bientôt plus qu'un mauvais souvenir.

Personne ne semble partager son optimisme. Édouard ouvre la trappe et invite ses amis à descendre. Un par un, ils empruntent prudemment l'escalier et débouchent dans la première pièce du sous-sol. Julien ferme la marche. Édouard enclenche le commutateur pour allumer la lumière et, comme un présentateur de téléachat, désigne la porte du fond un soupçon trop théâtral.

— Voici la porte des cauchemars ! Pas mal, hein ? À la fin de sa vie, mon père était hanté par de terribles angoisses, à la limite de la paranoïa. Il a fait construire cette chambre forte pour se protéger. Selon les jours, il était persuadé qu'il devait se prémunir contre les voleurs, les extraterrestres ou les Russes... Jusqu'à la fin de sa vie, il est resté très traditionaliste... Sous l'apparence trompeuse d'une farce, ces accès de terreur sont devenus un long calvaire tant pour lui, qui était rongé par la peur, que pour ma mère, qui avait fini par craindre de devenir à son tour un objet de hantise pour son mari.

Pris quelques instants en otage par des souvenirs douloureux, Édouard s'immobilise, le regard dans le vide. Même si cette cave n'est pas minuscule, ils ont l'impression d'être entassés. Leur complicité illusoire, qui a volé en éclats, n'est plus là pour les aider à supporter l'odeur, la chaleur, la présence de l'autre, lourde et entêtante comme un parfum capiteux.

— Pardon, ce n'est pas le sujet, se reprend Édouard. Si on se tait et qu'on s'approche suffisamment de la porte, on devrait entendre les appels au secours de mon prétendu prisonnier.

Plus personne ne bouge. Calme et concentration. Mais, malgré les affirmations d'Édouard, aucun appel au secours, aucun gémissement, aucun bruit de chaîne ne vient déchirer le silence. Édouard a l'air sincèrement étonné et interroge Julien du regard. Ce dernier ne réagit pas et attend comme les autres. Édouard colle une oreille à la porte.

— Mince, ça ne fonctionne plus ? Je ne suis pas très à l'aise avec la technologie, j'ai dû merder quelque chose. Tu vois, Marc, tu as eu de la chance de l'entendre.

Agathe intervient. Voix posée.

— Tu aurais dû demander à mon fils, Romuald. Il est parti pour être un vrai petit génie de l'informatique. Je suis certaine qu'il t'aurait installé un système à toute épreuve. Tu ne penses pas, Marc ?

Marc la regarde, yeux exorbités. Il n'en croit pas ses oreilles. Des dizaines de remarques plus désagréables les unes que les autres se bousculent dans son esprit. Mais aucune n'a le courage de s'imposer. La pitié fait barrage. D'ailleurs, Agathe ne semble attendre aucune réponse. Elle a juste voulu parler. Articuler des mots. Affirmer sa présence, sa conscience, sa souffrance. Seules quelques pensées désordonnées parviennent encore à la maintenir à la surface. Et toutes concernent, sans exception, ses enfants.

Édouard lui sourit et répond presque tendrement :

— C'est bon à savoir, Agathe. Merci. Mais, tu sais, je suis certain que je ne mettrai plus jamais au point des plans foireux comme celui-ci... Allez, j'ouvre et on en finit.

Associant le geste à la parole, il sort deux clefs de sa poche et déverrouille les serrures. Postée près de lui, Sylvie est la première à distinguer ce qui se trouve de l'autre côté de la porte. Elle pousse un long hurlement, qu'elle tente vainement de contenir en plaquant ses mains contre sa bouche.

21

— Bordel, Édouard ! C'est quoi encore, cette merde ? hurle Marc en découvrant ce qui se trouve dans la pièce. Qu'est-ce que tu as encore foutu ?

Agathe le pousse rudement pour regarder à son tour. Sylvie a couru se réfugier dans un coin, l'air hagard, ses mains écrasées sur sa bouche pour étouffer, cette fois-ci, un sanglot déchirant.

Il n'y a pas assez de place pour tous. Bousculade. Effroi. Allongé dans une position grotesque, les jambes et les bras osant des angles impossibles, Tony, le rôdeur, baigne dans son sang, le crâne ouvert. Édouard, livide, se tourne vers le fond de la pièce. Où est Julien ? Il est toujours là, derrière, au pied de l'escalier. Claire fixe son mari comme si elle pouvait l'immobiliser du regard.

Julien braque un revolver sur eux. Sans impatience, il attend que tout le monde le remarque. Édouard tente de s'approcher de lui. Julien, calme, fait lentement « non » de la tête. Édouard, d'instinct, sait qu'il faut lui obéir. Alors il se contente de grogner entre ses dents :

— Qu'est-ce que tu fous, pour l'amour de Dieu ?

L'amour de Dieu. Julien n'y avait plus pensé depuis longtemps. Enfant, il allait à l'église tous les dimanches avec sa mère. Son père, lui, restait dormir. Sans pour autant faire de sa grasse matinée un acte anticlérical. Juste de l'épuisement. Il travaillait à l'usine six jours sur sept. Cette matinée dominicale était la seule durant laquelle il pouvait se reposer. Quand il n'était pas obligé de la sacrifier pour parvenir à payer les dépenses imprévues que leur budget serré ne réussissait pas à éponger. Pendant toutes ces années, Julien avait été tiraillé entre l'envie de traîner au chaud dans son lit, comme son père, et le bonheur de partager avec sa mère ce moment précieux et unique, où elle rayonnait de bonheur. Les autres jours de la semaine, la fatigue et la tristesse s'invitaient chez eux et prenaient toute la place. Même si Julien était tout le temps avec sa mère, il avait l'impression qu'elle était absente, absorbée par un dialogue intérieur harassant. Alors qu'à l'église, il la retrouvait enfin. L'amour de Dieu, elle en parlait souvent, des étoiles plein les yeux, des yeux qui voyaient enfin son fils.

Quand elle était morte, après six mois d'agonie éprouvante, ayant lutté pour sa survie dans un combat déloyal contre une maladie invasive et ravageuse, Julien avait été propulsé, à douze ans à peine, au cœur même de la douleur. Le temps des contes de fées avait brutalement pris fin. Julien avait alors décidé de renommer cet « amour de Dieu » en « merde de Dieu ». Son père, par nature peu loquace, s'était barricadé dans la peine, refusant tout contact avec Julien, comme si celui-ci était responsable de la situation. Il pouvait se passer une semaine sans qu'aucun mot ni aucun regard ne soit échangé. Les habitudes et les rituels avaient remplacé la parole. Un soir, n'en pouvant plus, Julien avait fait exploser sa tristesse dans un éclat de colère tout aussi spectaculaire qu'inaccoutumé. Il ne cessait de répéter « Merde de Dieu, merde de Dieu, merde de Dieu », sous le regard d'abord effaré, puis rapidement paniqué, de son père, qui avait enfin pris la mesure de la détresse de son fils. La litanie blasphématoire avait duré de longues minutes. Julien criait, pleurait, frappait le sol de ses poings. D'abord tétanisé, son père avait fini par réagir et par prendre son fils dans ses bras. Et tous deux avaient enfin pleuré ensemble. La merde de Dieu avait eu ce pouvoir.

En entendant Édouard interpeller Julien, Marc et Agathe se retournent à contrecœur, peu désireux d'être arrachés au spectacle fascinant de la mort. Ce pantin désarticulé, cette indécente fragilité. Et eux, toujours en vie. Édouard sent que Marc rassemble ses forces : il serre les poings, redresse son corps, sa respiration se fait plus profonde. Sans hésitation, Édouard lui agrippe fermement le bras. Hors de question de prendre le risque d'une confrontation physique. Le moindre coup de feu tiré dans cet espace confiné pourrait faire des ravages, et il sait que Julien est suffisamment égaré dans les sous-bois obombrés de ses angoisses pour être capable d'appuyer sur la gâchette.

Édouard se rend compte qu'il n'est pas vraiment surpris. Dès l'instant où il a proposé à Julien toute cette mise en scène, une partie de lui a su que cela finirait mal. L'a-t-il souhaité ?

Agathe se met à gémir et à égrener un chapelet de « non, non, non » qui grince comme une vieille roue rouillée. Sylvie, elle, s'évanouit. Elle s'affaisse sur elle-même, comme une poupée de son abandonnée. Elle s'écroule aux pieds de ses amis, qui ne réagissent pas, indifférents à son état.

Marc comprend qu'il ne doit rien tenter de brutal. Il se contente donc de parler à Julien le plus calmement possible.

— Allez, Julien, arrête. Ce n'est plus drôle du tout. On a dit qu'on stoppait tout, qu'on repartait de zéro. Il y a sûrement une explication rationnelle à tout ça, non ? On va la trouver ensemble. Et on va s'en sortir ensemble. Je te le promets. Baisse cette arme, ça fait peur à tout le monde. On est fatigués. S'il te plaît...

Julien continue à les tenir en joue. Il fait tourner cette étrange idée dans sa tête : repartir de zéro. Repartir de la case départ, c'est ça ? Quelle invitation désolante. Abandonner tout ce qui a été entrepris. Ignorer les dizaines d'années de vie déjà consommées. Imaginer qu'on puisse encore avoir la force de tout recommencer, alors qu'on sait maintenant que l'existence est une course vaine, sans ligne d'arrivée. Tout recommencer, sans même l'ivresse de l'illusion. Tout recommencer sans plus rien espérer. C'est ça, le projet de Marc pour les sortir d'affaire ? Julien sourit. D'ironie. De tristesse. D'épuisement. Édouard croit que le Capitaine a marqué un point. Alors il enchaîne :

— Il y a forcément une explication à tout ça. Tu n'as pas à t'inquiéter. Ne panique pas. Tu sais qu'on est tes amis. On ne te laissera jamais tomber. Comme on l'a toujours fait depuis qu'on se connaît. Tu le sais, n'est-ce pas ? Je suis là. C'est ensemble, tous les deux, qu'on a décidé de monter cette blague, tu t'en souviens ? Même si tout n'est pas parfait entre nous – on ne va plus se raconter d'histoires –, tout peut s'améliorer. On est entre adultes, on en a vu d'autres.

Écoute-moi bien, Julien. Regarde-moi. On va réfléchir ensemble à la façon de se sortir de cette situation. On va trouver la solution. Je suis certain que Marc aura une brillante idée. Mais, je t'en prie, baisse cette arme. C'est flippant, et Sylvie a perdu connaissance. J'aimerais pouvoir l'aider sans être menacé comme ça.

Julien donne l'impression d'écouter avec beaucoup d'attention ce que lui dit Édouard. C'est pourquoi ce dernier pense sincèrement être sur le point de régler le conflit avec ces quelques mots de réconfort. Marc aussi est convaincu que le calme de Julien signifie qu'il est désormais à l'écoute de leurs propositions. C'est pourquoi le Capitaine prend le relais avec détermination. Édouard a reconnu qu'il aurait sans doute une idée brillante. Et, comme depuis le début de ce lamentable séjour, Marc n'a cessé d'être humilié et rabaissé, il considère qu'il est temps pour lui de reprendre la barre de ce navire en perdition.

— Bien entendu qu'il y a une solution, dit-il. Il y en a toujours. Mon avocat est formidable. C'est un cas de légitime défense, pas vrai, mon grand ? C'est bien ça ? Tu as surpris ce type en train de fouiller dans nos affaires, tu as voulu l'arrêter, il a pointé son flingue sur toi… Parce qu'il est bien à lui, ce flingue, j'imagine… Et tu l'as assommé. Un peu violemment, d'accord, mais qui pourrait te condamner d'avoir agi ainsi ? Tu t'es retrouvé seul face à un délinquant aguerri, athlétique, alors que toi… eh bien… tu es moins en forme. Je suis persuadé que Tony avait un casier long comme le bras et qu'on va récupérer nos affaires dans ses sacs. Ils sont où, ses sacs, d'ailleurs ?

Julien éclate de rire. Marc et Édouard tentent un timide sourire. Une ouverture ?

— Agathe, tu vas fermer ta gueule ?! hurle Julien.

Depuis qu'elle a découvert qu'il les tenait en joue avec un revolver, Agathe n'a pas cessé de répéter sa litanie de « non », finissant par se mettre dans un état d'autohypnose. Aux cris de son mari, Claire sursaute et gémit doucement tandis que Sylvie reprend ses esprits.

Marc et Édouard se tournent brusquement vers Agathe. Elle arrête aussitôt de geindre et fixe sur eux ses yeux pleins de larmes et d'effroi. Les deux hommes se font explicitement menaçants. Ils n'envisagent pas une seule seconde que leur manœuvre pour calmer Julien puisse échouer à cause d'elle. Agathe le comprend immédiatement et commence à avoir peur d'eux autant que de Julien.

— Allez, mon grand, baisse ton arme, maintenant, reprend Marc. Je te promets qu'il n'y aura aucun problème grâce à mon avocat. Toute cette histoire tient parfaitement la route. Et puis on sera là pour témoigner. Tu ne risques rien. Baisse cette arme.

Julien lève sa main libre pour lui intimer le silence. Il est aussitôt obéi. Une première.

— Et bien sûr, maintenant, les petits arrangements entre amis ! Les amnésies forcées, les loyautés puantes… C'est aussi ça, notre marque de fabrique, pas vrai, Exterminator ? Vous connaissez Exterminator ? ajoute-t-il à l'adresse des trois femmes. Non, bien entendu, encore une histoire entre Édouard, Marc et moi. C'est l'autre surnom du Capitaine. Celui-là, il se l'est attribué lui-même après avoir écrasé à plusieurs reprises un chien qu'il venait de percuter. À l'époque, nous étions jeunes étudiants et nous nous rendions à une soirée. À trois reprises, il a roulé froidement, consciencieusement, sur la pauvre bête. *Crac, crac, crac.*

Julien marque une pause pour laisser à son public le temps d'assimiler ce qu'il vient de raconter. Agathe affiche une mine à la fois dégoûtée et amusée. Claire soupire d'exaspération. Seule Sylvie reste inerte.

Julien poursuit, calmement :

— J'ai vomi, je me suis fait engueuler, et on est repartis à toute vitesse pour rejoindre la fête. Pendant les soixante-douze heures suivantes, j'ai été pris de nausées et d'irrépressibles sanglots. Marc, lui, s'est montré flamboyant. Ivre d'alcool et de puissance, en érection quasi permanente. Quant à Édouard, je ne sais pas. Il a profité de ces trois jours d'excès, lui aussi. Même s'il s'est fait plus discret, j'ai bien vu que cette histoire l'avait pas mal excité. Au cours de la semaine qui a suivi, on est tombés sur un article de journal au sujet d'une série de meurtres qui avaient eu lieu pas très loin de l'endroit où on était durant ce week-end de débauche. En conclusion, le journaliste rapportait que le cadavre d'un chien avait également été retrouvé. Pour lui, il ne faisait aucun doute que l'assassin et le conducteur de la voiture qui avait percuté l'animal ne faisaient qu'un. Ça nous a foutu la trouille. Surtout à Exterminator, qui nous a fait promettre de ne plus jamais l'appeler comme ça et de ne plus évoquer cette histoire. On a prêté serment. Le tueur, lui, n'a jamais été identifié. Qui sait ? Il est peut-être parmi nous depuis tout ce temps…

Personne ne réagit. Marc déglutit. Édouard se passe une main sur le visage.

— Mais je digresse. Juste pour dire que ce système de secrets, de magouilles, de fausse solidarité, c'est terminé. Et Exterminator, j'aimerais que tu arrêtes de m'appeler « mon grand ». C'est insupportable. Ça ne s'est pas du tout passé comme ça… Ne m'interromps pas ! Cette négociation avec la vérité et la morale à laquelle vous êtes prêts à consentir pour vous sortir de ce traquenard vous ressemble parfaitement. Parce que je ne me fais aucune illusion : vous ne le faites pas pour moi, vous… J'ai dit : ne m'interrompez pas !

Par deux fois, Marc et Édouard ont tenté d'intervenir pour se défendre. Pour s'assurer que, cette fois-ci, ils avaient bien compris. Julien ne reprend pas tout de suite la parole. Il laisse accessible une vaste plage de silence. Mais personne n'a l'audace de s'y aventurer.

— Bien, je vais tout vous raconter ; comme ça, vous ne pourrez plus vous inventer des histoires aussi pratiques que mensongères. Votre spécialité. À aucun moment, il n'a été question d'autodéfense. Je me suis retrouvé seul avec Tony et j'ai simplement eu envie de le tuer. En réalité, c'est vous que j'avais envie de flinguer. D'ailleurs, pour votre information, cette envie est toujours présente. Même toi, Édouard. Tu m'as trop baladé… Bizarrement, j'ai cru qu'en le tuant, je ferais aussi disparaître cette envie. Ne me demandez pas pourquoi, je n'en ai aucune idée. Toujours est-il que c'était un mauvais calcul. La preuve : j'imagine encore, là, maintenant, être parfaitement capable de vous tirer une balle dans la tête. Bref, je lui ai proposé de lui faire visiter la cave. Je suis persuadé que ce type n'était pas le gentil garçon pour lequel il voulait se faire passer. Cette lueur cruelle dans les yeux quand il pensait que personne ne l'observait. Surtout quand il te fixait, Édouard. Son regard, la crispation de sa mâchoire… Quelque chose me dit qu'une sale affaire vous liait… Toi, Claire, il te trouvait, je cite, « bonne ». J'ai horreur de cette expression. Il n'avait pas compris qu'on était mariés, tu te rends compte ? Quand je lui ai dit, ici, dans cette salle des tortures imaginaires, qu'on était ensemble, toi et moi, qu'on voulait avoir un enfant et qu'il fallait qu'il arrête de parler de toi comme ça, il a éclaté de rire. Puis il m'a calmement fait comprendre que ce n'était pas la peine que je fasse toute une histoire pour si peu. Que les filles comme toi se faisaient rouler dessus par tout le monde, c'était dans leur nature. Et que s'il avait eu un peu plus de temps, il me l'aurait aisément prouvé. Rien à voir avec le Tony bredouillant d'excuses et tout timide. Une vraie merde. Il est devenu furieux et il s'est mis à passer ses nerfs sur moi en m'expliquant à quel point j'étais con. Il avait raison, bien entendu. Enfin, pas cette fois. Dommage pour lui. Je n'en pouvais plus. J'ai pris un marteau et je me suis tranquillement dirigé vers lui. Je crois qu'à aucun moment il n'a envisagé ce que je m'apprêtais à faire. Il n'a esquissé aucun geste pour se protéger. À moins que, bouffi d'orgueil, il ne se soit dit qu'il ne craignait rien, que j'allais renoncer, qu'il lui suffirait de faire rouler ses muscles… Parce que, comme l'a si judicieusement fait remarquer Marc, Tony était beaucoup plus costaud que moi. Il aurait pu m'arrêter facilement. Au lieu de quoi il est resté planté là, à me regarder fixement, légèrement amusé… *Paf ! Paf ! Paf !* Trois coups sur la tête. Cette sensation… Et ce bruit… Mou, mat et sec… Ce sang qui gicle… Ce regard d'incompréhension et de terreur...

Agathe et Claire étouffent un cri. Marc et Édouard serrent les mâchoires d'horreur et de fureur. Julien, indifférent à son auditoire, continue sur sa lancée.

— Le problème, ç'a été le sang et les petites échardes d'os. Tant qu'on ne l'a pas expérimenté, on ne peut pas savoir. J'en avais partout. Tu n'as pas noté que j'avais changé de vêtements, Claire ? Comme je n'avais pas de chemise de rechange, j'ai dû mettre ce pull. Je l'avais pris au cas où les soirées auraient été fraîches. C'est marrant : en général, ce sont les femmes qui reprochent à leur mari de ne rien voir lorsqu'elles changent quelque chose à leur apparence… Ensuite, je suis allé piquer des affaires pour faire croire à un vol. C'est stupide, je n'ai pas pensé à prendre quelque chose dans notre chambre. Et j'ai épargné Sylvie aussi. La mère de mon gosse. Sentimentalisme à la con… J'ai tout fourré dans les sacs de Tony, où j'ai trouvé ce flingue. Pas de doute, ce type n'était pas net. Mais, après tout, qui l'est ? Avec ou sans arme. J'ai entassé ses affaires dans le grenier, puis j'ai dégonflé les pneus, comme prévu. J'en ai profité pour siphonner l'essence et enlever les bougies. Il est impensable que l'on quitte cet endroit. Jamais. Vous m'entendez ? Jamais ! Quelque chose a été scellé ici pour toujours… Quand vous êtes revenus de la balade, je n'avais pas eu le temps de me remettre de mes émotions. Mais je ne risquais rien. Ce n'est pas comme si vous étiez attentifs à l'état des autres, surtout au mien… Tout m'a paru logique lorsque je suis passé à l'action. Il ne pouvait pas en être autrement. Là, maintenant, je ne sais pas très bien où j'en suis. Je vois bien vos manœuvres pour tenter de me calmer et de récupérer cette arme. Mais c'est inutile. Même si je ne sais pas trop comment la suite va se dérouler, j'ai une certitude : j'éprouve un tel dégoût pour vous et pour moi que j'ai juste envie de débarrasser l'univers de notre présence. Ça peut sembler insurmontable, de disparaître. La vie fait tout pour nous faire croire qu'elle est plus forte, plus résiliente, plus flamboyante. Mais il n'y a rien de plus simple que de crever. Il suffit de voir Tony. Le beau Tony, Tony l'athlétique… *Paf ! Paf ! Paf !* Et c'est fini.

À chaque « paf », Sylvie sursaute et hoquette, au bord de la nausée. Claire, qui semble avoir retrouvé son calme, fixe intensément son mari. Comme si elle espérait capter son attention, établir une connexion. Elle sait que si elle y parvient, elle pourra le désarmer. Julien le sent et prend garde à ne pas croiser son regard. Il aime toujours follement cette femme infidèle et manipulatrice. Si ses yeux se posent sur elle, il sait qu'il deviendra à nouveau vulnérable, et il ne veut pas d'une issue trafiquée par cet amour maladif. Agathe, quant à elle, peine à contenir des sanglots de terreur. Elle craint d'agacer Julien. Alors, pour atténuer le bruit, elle enfouit son visage dans l'épaule de Marc, qui lui caresse la tête, d'un geste incroyablement doux.

— Julien, nous connaissons, tous les deux, la négligence, l'égoïsme, voire la cruauté de nos amis, intervient Édouard, brûlant d'angoisse. C'est pourquoi nous avons organisé, tous les deux, ce week-end. Pour leur montrer qui ils sont vraiment, et sans doute aussi pour nous venger, c'est vrai. Je veux bien comprendre que, malgré notre complicité, ma décision de tout arrêter t'ait déçu. Mais réfléchis. Même si cela peut te sembler libératoire, de nous tuer, comment pourrais-tu vivre avec notre mort sur la conscience ? L'impact que cela aurait sur ta vie serait catastrophique. Tu es un homme de cœur, loyal et honnête, nous le savons tous. Ce serait la pire façon de nous avoir encore plus sur le dos. Comme des fantômes. Si on se séparait simplement, une fois le problème de Tony résolu, si on décidait de ne plus jamais se revoir, ce serait la meilleure manière de nous faire disparaître de ta vie. Définitivement. Je te le promets. Car je ne te parle même pas des conséquences pénales, si tu nous tues. Tu finiras tes jours en prison. Et même si on est de sacrés salauds à tes yeux, tu seras forcément rongé par le remords, des années et des années durant, sans relâche, privé de ta liberté, dans l'impossibilité de voir grandir ton fils, lequel te détestera puisque tu seras l'assassin de sa mère… Pense à lui, Julien. Donne-nous une chance. Offre-toi l'opportunité de transformer la situation. Par le haut ! Sois celui qui nous offre l'opportunité de changer de cap, de nous amender, sois notre sauveur !

Effaré, Julien écarquille les yeux et part d'un nouvel éclat de rire, lourd et sans joie. Mais, cette fois, personne ne le suit. Tout le monde a parfaitement perçu la grossièreté presque indécente de la manœuvre. La fente est maladroite, l'attaquant est en déséquilibre. Julien, galvanisé par le désespoir palpable d'Édouard, ne lui laisse pas une seconde de répit.

— Votre sauveur ? Rien que ça ? Votre sauveur ! Ah, Édouard, tu es vraiment le meilleur d'entre nous ! Ça ne fait aucun doute. Je crois que pour récompenser cette tentative de manipulation énorme, tu as le droit de récupérer le titre tant convoité de Capitaine ! Qu'en penses-tu, Marc ?

Marc acquiesce sans hésiter, comme s'il donnait précipitamment son portefeuille, sa montre et son téléphone lors d'une agression en pleine rue. Julien retrouve son sérieux. Altération instantanée de sa physionomie. Comme un dément.

— Non, Édouard, je ne serai pas votre sauveur. Et pour ce qui est de « réfléchir », comme tu m'en intimes l'ordre, je m'y refuse. Enfin, concernant ma vie en prison et mes regrets éternels, encore une fois, c'est une mauvaise pioche. Quant à mon fils, tu es une sacrée ordure, de tenter de jouer cette carte… Mais il te manque une information essentielle, qu'il n'aurait pas été difficile d'obtenir si tu m'avais porté un minimum d'attention. Il ne me reste que six mois à vivre, tout au plus. Oh, comme c'est mélodramatique ! Je ne comptais pas vous en parler, je trouve ça répugnant de le faire. Je sais que c'est exactement le genre de confidence dont vous avez horreur. Du coup, pas de panique, inutile de faire semblant ou de chercher une astuce pour réécrire l'histoire et vous débarrasser de la charge émotionnelle. Je vous l'annonce juste pour info. Donc, au pire, je me tire une balle dans la tête. Après vous avoir butés. Ainsi, je ne perds rien, rien du tout. Un dernier petit plaisir. Le plus grand de tous. C'est une bonne idée, non ? Comme ça, on voit si on se retrouve de l'autre côté ? Vous êtes des esprits curieux, je suis certain que ça peut vous intéresser. Après tout, vos vies valent-elles vraiment la peine que vous vous acharniez ainsi ? Sincèrement ? Ce ne serait pas plutôt vous rendre service, de vous aider à en finir ? Une bonne fois pour toutes. Hein, Édouard ? Cette fois, aucun risque de se louper. Promis.

Silence pesant. Personne ne parle, personne ne saisit sa chance. Les consciences sont cotonneuses, les langues paralysées. Julien les provoque d'un sourire féroce. Contredit par ses yeux baignés d'un espoir inquiet. Une attente déçue, une fois de plus. Ont-ils entendu ce qu'il vient de dire ? Doit-il répéter ? Évidemment, ils ont parfaitement compris, mais ils ne savent pas quoi faire de cette grenade dégoupillée qu'il a posée entre leurs mains. Six mois à vivre ? Les voilà qui tentent d'éviter à tout prix son regard. Ils s'efforcent de réfléchir rapidement, mais leurs pensées patinent. Julien soupire et bâille. Profondément. Quand il referme la bouche, il est écarlate, les yeux embués de larmes.

— Excusez-moi, je suis mort de fatigue. Les médicaments. Les antidouleurs, surtout. Je vais aller me reposer un peu. Dormir une heure ou deux. Vous n'êtes pas trop mal ici. Je reviendrai vous voir plus tard. On pourra continuer cette passionnante discussion. Vous qui aviez envie de vous retrouver entre amis, on ne peut pas rêver mieux. Et puis il y a à boire. Autant que vous voulez. Vous allez vous éclater.

Tout en parlant, Julien monte l'escalier à reculons, le revolver toujours braqué sur eux. Il manque de tomber par deux fois, mais personne ne bouge. Tous craignent que le coup ne parte tout seul. Julien sort enfin et ferme la trappe. Bruit d'un cadenas. Ses pas qui s'éloignent. En direction des chambres.

22

Marc se tourne vers Claire. Le visage sévère. Agathe est toujours accrochée à son mari. Elle ne pleure plus. Édouard vient s'asseoir à côté de Sylvie. Il a envie qu'elle le réconforte, mais elle se crispe en sentant sa cuisse se coller à la sienne.

— Claire, c'est quoi, cette histoire de six mois à vivre ? demande l'ex-Capitaine.

Claire pleure en silence, le regard dans le vide. Elle ne répond pas. Alors que Sylvie s'apprête à se lever, Marc lui fait signe de ne pas bouger. Il se rapproche de Claire et se fait plus menaçant.

— Je te promets que tu vas me répondre, et vite. C'est plus le moment de jouer la mystérieuse. Ni la manipulatrice d'opérette. C'est quoi, cette histoire ?

Claire tourne vers lui son visage baigné de larmes. Elle ravale sa salive.

— Tu n'avais qu'à l'interroger lorsqu'il était là. Je n'en sais rien, moi.

— Comment ça, tu n'en sais rien ?! hurle Marc.

Édouard se lève et s'approche de lui.

— Marc, calme-toi, s'il te plaît. C'est une chance que nous ayons un peu de répit pour nous concerter. Si tu cries, ça risque de le faire revenir. De l'énerver. Ce n'est pas dans notre intérêt. On va plutôt essayer de comprendre sereinement ce qu'il se passe. Sans déverser les uns sur les autres notre frustration et notre peur. On va innover en trouvant une solution ensemble, d'accord ?

Marc est obligé de concéder qu'Édouard a raison. À contrecœur. Il lui lance un « À vos ordres, Capitaine » amer et s'éloigne de Claire. Conforté dans son rôle de leader, Édouard poursuit.

— Julien est malade, c'est incontestable. Il m'avait parlé d'un épisode de dépression sévère, mais je ne comprends pas ce qu'il entend par « six mois à vivre ». Claire, fais un effort, je t'en prie.

— Qu'est-ce que tu veux que je te dise ? Je n'en sais pas plus que vous. Il est vrai que, depuis quelque temps, il présente tous les signes d'une dépression. Il prend des médicaments tous les jours. Mais ce n'est pas parce que je suis infirmière que ça me donne le droit de fouiller dans ses affaires, désolée. Et je ne suis pas non plus censée tout savoir sur l'état de santé des gens autour de moi.

Marc revient vers elle. Il se contient difficilement.

— On ne parle pas de ton métier. Mais comme tu es sa femme, son épouse, celle qui vit auprès de lui au quotidien, on aurait pu imaginer que tu t'intéresses davantage à lui, non ?

Claire se tourne vers Marc et plante résolument ses yeux dans les siens. Elle souffre tellement qu'elle se sent invincible, comme si plus rien ne pouvait l'atteindre.

— Ah, c'est ça ? Bien sûr, tu es parfaitement légitime pour déterminer ce qu'est un comportement marital inadapté et m'en faire le reproche. Tu sais ce que c'est, toi, rester à l'écoute de son conjoint et en prendre soin… Évidemment !

Édouard s'interpose. Agathe intervient :

— Ma petite Claire, prends-le sur un autre ton, tu veux ? Marc n'est pas un exemple, certes, et je suis bien placée pour le savoir. Mais, de toute évidence, si Julien en est là aujourd'hui, c'est essentiellement par ta faute. Ce n'est pas nous qui partageons sa vie, c'est toi. Alors à ta place, je me montrerais un peu moins arrogante.

Tout en parlant, Agathe se dirige vers une caisse et en sort une bouteille de vin, qu'elle entreprend d'ouvrir. Claire éclate de rire.

— Incroyable ! Ma faute ! Accusée par l'alcoolo-castrato-dépressive de la bande. Moi qui ne le connais que depuis cinq ans, alors que vous, vous l'intoxiquez depuis des dizaines d'années. Non mais je rêve ! C'est la meilleure de la journée !

Manifestement excédé, Marc fait un pas vers Claire. Agathe pose la bouteille pour le rejoindre. Sylvie n'a pas bougé. Elle est toujours assise dans un coin, les genoux serrés contre sa poitrine, visiblement absente. Une nouvelle fois, Édouard s'interpose en haussant la voix.

— Arrêtez ! Mais arrêtez tous ! Bon Dieu, c'est pas vrai ! On ne va pas commencer à chercher des coupables. Des boucs émissaires. Se balancer à la gueule des reproches sans fin ! On est censés être un peu plus évolués que ça, non ? Je crois qu'on est tous responsables de ce qui se passe ici et que le moins que l'on puisse faire, c'est de le reconnaître. Non, Marc, ne grogne pas. Et toi, Agathe, inutile de lever les yeux au ciel. Vous voulez que je résume la situation ? OK, alors c'est parti.

Marc, tu lui as piqué son premier amour. Toi, Agathe, le fameux premier amour, tu l'as quitté en à peine quelques heures. Puis Sylvie a demandé le divorce et, moi, je me la suis tapée dans la foulée. Et, pour finir en apothéose, cette répugnante scène de baise entre Claire et Marc. Sans compter notre incapacité à voir sa lente et inexorable descente aux enfers. Honnêtement, si, bien évidemment, il est lui aussi responsable de la situation dans laquelle il se trouve aujourd'hui, n'oublions pas que c'est ensemble, ou pas du tout, que nous allons devoir nous sortir de là. Et je peux vous dire qu'une fois que ce sera fait, rien, strictement rien, ne parviendra à me convaincre de vous revoir.

Tous s'offusquent. Bien entendu, il n'est pas le seul à penser ainsi. Aucun d'eux n'aura envie de revoir les autres. Puis le silence se fait.

— Il n'y aurait pas, par hasard, un moyen de sortir par un autre accès que la trappe ? finit par demander Marc, bouffi de suffisance.

Édouard bride sa colère et répond simplement :

— À ton avis ? Si c'était le cas, je ne vous l'aurais pas déjà dit ?

Marc ne désarme pas.

— Oh, moi, je ne sais plus. Ça pourrait être encore l'une de tes bonnes blagues…

Édouard serre les poings. Agathe commence à boire à la bouteille sans en proposer à personne. Édouard prend conscience qu'elle a ouvert un Pétrus de 1985.

— Hé, mais ça va pas, Agathe ? Tu as vu ce que tu bois ? Au goulot, en plus ! Mais je rêve !

La bouche barbouillée de vin, Agathe réplique d'une voix aiguë :

— Tu es au courant qu'on va tous crever comme des merdes, mon petit Édouard ? Tu l'as compris, ça ? Julien a complètement vrillé. Vous aurez beau tenter de le manipuler comme d'habitude, ça ne fonctionnera pas cette fois-ci. C'est l'heure des comptes. Il fallait bien que ça arrive – toi-même, tu n'arrêtes pas de le répéter. Justice ! Vengeance ! Tu vois, j'ai toujours rêvé de boire un Pétrus ; alors je peux te dire que là, tout de suite, il n'y a aucune raison pour que je m'en prive. Et je ne suis pas déçue. Tu devrais être content. Au moins, j'apprécie. J'avais un peu peur que ce ne soit « que de la gueule », comme tout ce que tu dis ou fais. Eh bien, non, c'est absolument délicieux. Et si tu avais été vraiment cet homme généreux que tu prétends être, tu nous l'aurais servi à la place de tes petits crus médiocres. Et, au fait, Marc, si tu as envie de te taper Claire une dernière fois, ne te frustre surtout pas pour moi. C'est Édouard qui régale. Moi, je ne suis plus à ça près. Faudra juste faire ça à côté, dans la pièce du macchabée. Mais je suis certaine que vous serez capables de faire abstraction de sa présence. Ah, la passion ! En revanche, Claire, si tu tombes enceinte, n'oublie pas que ça ne servira à rien. Ton cher mari a l'intention de te buter.

Personne ne réagit. Tout le monde a compris que ce trop-plein de paroles n'était destiné qu'à chasser la terreur. À vérifier qu'elle est encore vivante. Sylvie se lève et s'approche de ses amis. Elle tremble comme une feuille. Traits tirés, nez cramoisi, plus que jamais elle offre à chacun le visage de leur déroute. D'un filet de voix ténu, elle dit :

— Vous savez pourtant que notre divorce s'est bien passé. Je n'ai pas l'impression d'avoir été désagréable ni de l'avoir privé de quoi que ce soit. La garde alternée, une pension très raisonnable… Je ne lui ai fait aucun reproche, si ce n'est les inévitables, ceux par lesquels on passe forcément dans ce genre de situation. Parce que, même si c'est la bonne décision, ça n'en reste pas moins un échec éprouvant… Je ne comprends pas pourquoi il voudrait me tuer. Il ne se rend pas compte du mal qu'il ferait à son fils en me faisant disparaître ?

Marc renifle avec mépris.

— Oh, tu veux tenter de négocier ta survie ? réplique-t-il. Individuellement ? Bravo, belle mentalité ! Vous vous étiez bien trouvés, pourtant, tous les deux. Insipides et vicieux. Vous auriez dû pourrir ensemble, tiens. Je suis certain qu'on aurait fini par vous retrouver chez vous asphyxiés au gaz. Dépression familiale, suicide collectif, adieu, bon débarras.

Sylvie est tétanisée d'horreur. Claire se tourne vers Marc et assène avec morgue.

— Tu es vraiment une ordure. Qu'est-ce qui se passe ? Alors qu'on va tous crever, c'est la vexation qui l'emporte ? Parce que tu viens de perdre ton titre minable de Capitaine ? J'y crois pas… C'est pitoyable de te défouler comme ça sur cette pauvre Sylvie. Bien entendu qu'on aimerait tous négocier chacun notre survie. Ne nous prends pas pour des cons. Toi aussi, tu aimerais dénicher un moyen de sauver ta peau, même à nos dépens. Alors arrête de t'en prendre à plus faible que toi. Ton système de dévalorisation et d'annihilation des autres, c'est tout ce que tu as trouvé pour éviter de te voir tel que tu es : un gros connard. Et peut-être un assassin, c'est ça ? Si j'ai bien compris cette histoire immonde de chien… Mais ça suffit. À présent, tout t'explose à la gueule. Je veux bien croire que c'est atroce, mais y en a marre que ce soient les autres qui en paient le prix. Oh et puis merde ! Ne prends pas la peine de me répondre, je n'écoute plus.

Soudain, Édouard leur fait signe de se taire. Il se lance dans une série de pantomimes toutes plus étonnantes les unes que les autres. L'effet sur l'ex-Capitaine est radical. Alors qu'il était prêt à en découdre physiquement, il se calme immédiatement, fasciné par les gesticulations de son ami. Après quelques ratés, les mimes d'Édouard deviennent plus clairs : il les invite à se regrouper autour de lui. Tout le monde s'exécute. Toujours en mimant, le nouveau Capitaine leur demande d'être attentifs et de regarder par terre. Il rassemble le plus possible de sable qui recouvre le sol de la cave et, avec son doigt, commence à écrire aussi lisiblement qu'il le peut :

Insultons-nous. Julien écoute. Il veut notre haine. Quand il en aura assez, il nous libérera.

Il lève les yeux vers les autres, qui ne semblent pas comprendre ce qu'il attend d'eux. Il les fixe en espérant qu'ils expriment d'une façon ou d'une autre leur accord. Pas de réaction. Édouard soupire et réfléchit à une autre façon de partager son idée. Contre toute attente, Agathe s'anime, efface la prose d'Édouard et écrit à son tour :

Facile. Notre haine. Comme d'habitude.

Quelques rires fusent. Malgré tout. Gagnés par l'enthousiasme intense d'Édouard, qui trépigne sur place, convaincu de tenir la seule et bonne idée pour s'en sortir, ils acceptent tacitement. Puis se regardent. Réfléchissent. En fait, ce n'est pas vraiment comme d'habitude. Maintenant, ils *doivent* le faire. Pour s'en sortir ensemble, sans laisser personne de côté. Pourquoi est-ce aussi inconfortable ? Édouard se sent obligé de commencer. C'est son idée, après tout.

— « Ne prends pas la peine de me répondre, je n'écoute plus ! » C'est ce que tu viens de dire, Claire ? Magnifique ! J'ai l'impression que ça résume parfaitement la nature pourrie de nos relations, non ? Que ce soit en gueulant comme Marc, en pleurant comme Sylvie, en picolant comme Agathe ou simplement en refusant un droit de réponse comme toi, Claire, vous avez tous votre propre système pour vous couper des autres et, surtout, pour éviter de prendre vos responsabilités.

Passablement saoule, Agathe se met à pouffer, postillonnant des gouttelettes de vin qui viennent maculer son chemisier crème. Édouard lui fait les gros yeux. Elle va tout gâcher. Il fait signe à Claire d'embrayer. Celle-ci prend le relais, sans se forcer :

— Oh, saint Édouard, priez pour nous ! J'imagine que toi, en revanche, seul ange parmi les démons, tu n'as rien à te reprocher. Tu es ouvert, généreux, compatissant. Dis-moi, c'est pour acheter ta place au paradis que tu restes avec nous ou c'est parce que tu es un grand malade ? Inventer des coups tordus, comme un faux prisonnier torturé dans la cave… Un souvenir de ton enfance ? Quand tu martyrisais tes petits camarades ? Qui se cache derrière cette façade parfaitement lisse ? Un fou dangereux ? Un agresseur ? Je ne serais pas étonnée d'apprendre que Tony était là pour régler des comptes avec toi…

Interloqué, Édouard la regarde comme s'il la voyait pour la première fois. Étrangement, il ne pensait pas être la cible des attaques qu'il envisageait seulement d'orchestrer. Rien ne le préparait à cette estocade directe de Claire. Il tressaille. Quelques secondes de flottement. Il se ressaisit et fait signe à Marc de reprendre la main. Mais Marc refuse de jouer. Il est concentré. En pleine réflexion. Même si l'idée d'Édouard semble recevable, il ne peut pas se permettre de s'y soumettre. C'est plus fort que lui. Il doit être à l'origine du sauvetage. Il efface la phrase d'Agathe et écrit à son tour :

Continuez. Je vais sous la trappe. Quand il l'ouvrira, je lui sauterai dessus.

Affolé, Édouard se met à agiter ses mains devant lui à toute vitesse. Il continue à penser qu'une confrontation physique se soldera forcément par un carnage. Il est persuadé que Julien n'ira pas jusqu'au bout si on ne le provoque pas. Mais Marc n'en a rien à faire. Il se dirige vers l'escalier, indifférent aux gesticulations désarticulées d'Édouard. Qui retrouve sa verve et rétorque :

— Le plus drôle, si tant est que cette situation le soit, c'est que, même à deux doigts de crever, alors que nous sommes tous embarqués comme des animaux dans un camion qui va à l'abattoir, Marc est fou de jalousie d'avoir perdu son titre de capitaine. C'est insensé ! Minable ! Je me demande même si tu n'as pas construit ton existence autour de ce titre bidon, cette chimère pathétique de nos jeunes années. Tu te rends compte de ce que ça veut dire ?

Assis dans l'escalier en bois d'une cave étouffante, à quelques encablures de jouer sa vie sur un coup de poker, imbibé à la fois d'orgueil et de dégoût pour lui-même, Marc sait qu'Édouard a raison, mais il s'en fout. Il sait aussi que c'est lui qui va sauver la situation, et c'est le plus important. D'ailleurs, l'attitude vindicative d'Édouard en est la meilleure preuve. C'est lui, le vrai et l'unique capitaine, qui a la situation en main. Tous ces minables finiront bien par le reconnaître.

Agathe veut jouer, elle aussi. Elle a rassemblé quelques idées, éparpillées aux quatre coins de sa conscience qui s'effiloche. Pouffe à nouveau et se lance, le souffle court :

— Tu sais quoi, Marc ? Je vais te faire une confession. Puisqu'on va mourir, je ne veux pas disparaître avec ce secret : Antoine n'est pas de toi, c'est le fils d'Édouard.

Elle hurle de rire. Comme un long cri. Un sanglot grimé d'une joie de pacotille. Marc est estomaqué. Impossible pour lui de s'imaginer une fois encore privé du saint Graal de la paternité. Édouard, quant à lui, est effaré devant l'énormité du mensonge. Mais il suffit de quelques secondes pour que les deux hommes retrouvent leur sang-froid et regardent Agathe avec horreur. Celle-ci hoquette et lève une main pour demander l'attention. Elle articule silencieusement à l'adresse de ses amis : « Je joue aussi, laissez-moi terminer. »

— Tu sais pourquoi Antoine est si beau ? C'est amusant, d'ailleurs, tu n'arrêtes pas de dire qu'il est beau comme un dieu et, chaque fois, tu te demandes de qui il tient. Comme si cette beauté était un miracle. Ou parce que tu espères un compliment : « Il est le portrait craché de son père ! » La réponse est simple : parce qu'il a été conçu dans le plaisir. Eh oui, le premier et le seul orgasme de toute ma chienne de vie. Bordel, Marc, quel mauvais coup tu fais ! Dès la première fois qu'on a couché ensemble, ç'a été une catastrophe, et, depuis, ça ne s'est pas amélioré.

Agathe se rapproche de Marc et lui murmure à l'oreille :

— Ça, c'est vrai, mon vieux. Une catastrophe.

Puis elle reprend à haute voix :

— Au début, je me suis dit que ce n'était pas grave. Tu étais si beau, si fort, désiré par toutes les filles qui croisaient ta route… J'ai été élevée par des parents coincés. On n'a jamais parlé sexualité, vous imaginez bien. Pour moi, le sexe, c'était juste le truc à faire quand tu étais avec quelqu'un. Pour le garder. J'étais émue par le plaisir fulgurant et maladroit que tu prenais sur moi. Je me disais que c'était déjà une chance formidable de s'aimer comme ça et qu'il ne fallait pas se leurrer, les femmes n'étaient pas faites pour la jouissance. Vous vous rendez compte ? Je faisais des études de médecine et je croyais toutes ces foutaises, alors que j'étudiais le corps. Pourtant, à cette époque, j'existais encore et je réfléchissais. Alors vous imaginez maintenant ?

Elle s'arrête. C'est visiblement déjà beaucoup trop de paroles pour elle. La bouteille est vide, son cœur plein, et son esprit engourdi. L'ivresse a fini de tisser sa toile. C'est une question de minutes avant qu'elle ne soit complètement engluée. Agathe ne sait plus ce qu'elle veut ajouter. Inventer ou dire la vérité, elle s'est perdue elle-même. Elle aurait bien aimé continuer à participer à ce jeu de massacre et gagner. Mais gagner quoi ? Elle s'embrouille, cafouille et sombre. Ce qu'elle veut, c'est simplement prendre ses enfants dans ses bras, parce qu'elle comprend enfin qu'elle les aime, même si ça n'a pas beaucoup de sens. Ce qu'elle veut aussi, c'est que Marc la serre contre lui, jusqu'à l'étouffer. Car si elle doit vraiment mourir aujourd'hui, autant que ce soit de la main de son assassin légal, celui qui, jour après jour, espoir avorté après espoir avorté, mensonge après mensonge, l'a privée de son existence.

Alors elle s'allonge par terre, dignement, pense-t-elle, et elle commence à sangloter.

Personne ne parle. Tout le monde la regarde. Elle est partie trop loin. Trop loin dans la détresse. Sa douleur est irrecevable pour qui espère encore vivre après ça.

Édouard baisse la tête. Il est sincèrement touché. Comme un gradé qui pleure intérieurement l'un de ses soldats tombé au champ d'honneur. Inévitable, c'est la guerre. Et le silence s'installe confortablement, à peine agacé par quelques soupirs. Marc se cale contre le mur, en s'assurant que ses appuis sont solides. Il est bouleversé. Furieux. Ce sac à pus va payer. Il ne retiendra pas son bras. Il aimerait tant que sa femme le voie lui donner une raclée. *Pour toi, chérie*... Comme une dédicace à la radio.

L'ennui gagne peu à peu. Combien de temps vont-ils moisir dans cette cave ? Agathe finit par s'endormir, la joue sur le sable mouillé par ses larmes. Marc se force à rester attentif en passant et repassant dans sa tête les différentes options qui risquent de se présenter à lui. Sylvie fixe la trappe sans relâche comme si, par la simple force de sa volonté, elle pouvait l'ouvrir et offrir la liberté à ses amis. Claire, elle, s'est assise le plus loin possible. Mais quelle que soit la distance, celle-ci sera toujours insuffisante, tant l'écœurement que lui inspire chacune des personnes présentes dans cette pièce est infini. Édouard, enfin, a recouvert le corps de Tony d'une couverture et fouille en vain sa mémoire pour y débusquer un indice de la détresse de Julien qu'il aurait omis de repérer durant toutes ces heures de préparation passées ensemble.

Puis trois coups secs retentissent contre le bois de la trappe. Sylvie ne parvient pas à retenir un cri d'effroi.

23

— Vous allez bien ? demande Julien à travers la paroi.

Tout le monde se fige. Vu la situation, difficile d'imaginer question plus incongrue. Marc craint d'avoir été repéré. Il fait signe à Édouard de répondre. Si c'est lui-même qui le fait, son plan échoue. Édouard s'accorde quelques secondes avant d'obéir. Il se demande si cette interrogation n'est pas l'amorce d'un espoir. Si Julien s'inquiète de leur état, c'est qu'il a changé d'avis. Qu'il s'est rendu compte de l'énormité de l'affaire. Qu'il a retrouvé son sang-froid. En même temps, cette question, pour prendre soin des autres, Julien l'a toujours posée, même si, généralement, elle lui était rarement posée en retour. La réponse qui va être donnée est donc importante. Édouard prend son souffle et dit :

— Et toi, comment vas-tu ?

Marc, pouce vers le haut, sourire radieux, valide le choix d'Édouard, qui se sent rassuré. Il a l'impression d'avoir abattu la bonne carte. Celle qui fera la différence. Quelques secondes de silence. Puis Julien met fin à cet optimisme précoce :

— C'est maintenant que tu le demandes ? Je suis ému, Édouard, mais excuse-moi si je crois encore déceler un soupçon de manœuvre dans ton inquiétude... Un peu tardive, cette question, non ?

Touché-coulé, l'espoir d'Édouard sombre. Il se serait vexé en d'autres circonstances. Il trouve Julien sévère et injuste. Il en a quand même fait pas mal pour lui, en tout cas, bien plus que les autres, et, au final, il n'est pas mieux traité. Mais se défendre serait la pire des tactiques. Abonder dans son sens n'aurait guère plus de chances d'aboutir. Lorsqu'il s'estime coincé, Édouard a toujours recours au factuel, à l'observation. C'est l'une des innombrables raisons qui font dire à son entourage qu'il est froid, calculateur. En réalité, il est la plupart du temps désemparé, désorienté. Alors il décide de faire marche arrière et de répondre à la question de Julien.

— Agathe s'est endormie après avoir trop bu et trop pleuré. Claire est dans un coin, elle boude. Sylvie est assise et attend comme nous tous, l'estomac noué. Marc...

Un coup sec sur la trappe. Julien l'interrompt :

— OK, ça va, Édouard. C'était juste pour reprendre le contact, que j'ai posé la question. Je n'en ai rien à faire, de la réponse, tu t'en doutes bien.

Nouveau silence. La trappe reste fermée. Marc commence à s'impatienter. L'adrénaline coule à flots dans ses veines, son cœur tape fort dans sa poitrine – il a l'impression que tout le monde l'entend. Il est tendu comme un arc. Plus la confrontation tarde, plus il risque de perdre ses moyens et de se fatiguer pour rien. Il est prêt, c'est maintenant ou jamais. Il fait des signes nerveux à Édouard pour l'inciter à demander à Julien de les rejoindre dans la cave.

— Julien... Qu'est-ce que tu fais ? Tu ne viens pas ? Ce n'est pas très pratique de parler comme ça, à travers la trappe. C'est même flippant de ne pas voir ton visage. C'est complètement désincarné et...

— Ta gueule, Édouard !

Le cri de rage de Julien affole Édouard. Un bruit de pas, des raclements, des frôlements... Puis Julien reprend la parole, comme s'il s'était rapproché, comme s'il avait collé son visage contre la trappe.

— Vous avez peur que je vous tue, c'est ça ?

Pas de réponse. Mais il n'en attend pas. Il n'en veut pas.

— Vous avez peur de finir votre misérable existence dans ce trou à rats ? Vous avez raison, j'y ai très sérieusement songé. J'y ai tellement réfléchi que je n'ai pas réussi à dormir. Pourtant, j'étais incapable de bouger... À cause de cette fatigue visqueuse qui m'enchaîne et de ces drogues que j'ingurgite à longueur de journée pour bâillonner cette putain de douleur. Coincé dans ce lit, l'esprit en ébullition, j'ai fini par prendre une décision : je ne vous tuerai pas.

Il s'arrête un instant de parler. Tous poussent un long soupir de soulagement et recommencent à respirer. Ils vont s'en sortir vivants. Seule Agathe n'a pas entendu la bonne nouvelle. Mais ils ne doivent pas laisser exploser leur joie. Surtout pas. Rien n'est fait. À tout moment, Julien peut dérailler, ils le savent. Ils se font tous signe de se taire, sans parvenir à contenir de larges sourires de connivence, qui effacent en quelques secondes les rancœurs de ces dernières heures. Sylvie étouffe, dans ses mains plaquées contre sa bouche, un éclat de rire.

Pas d'hystérie, pas maintenant, l'implore Édouard du regard. Il ne faudrait pas que Julien pense qu'ils se moquent de lui. Ce dernier reprend :

— Oui, j'ai décidé de ne pas vous tuer. Je n'ai pas envie de vous rendre ce service. J'ai compris que si j'agissais ainsi, je vous libérerais de votre enfer. Et, vraiment, je ne vois pas pourquoi je vous ferais cette faveur. En revanche, moi…

Deux secondes de silence. Une détonation. Le bruit sourd et lourd sur la trappe. Tous saisis par l'effarement. Temps suspendu. Les battements de cœur qui rebondissent sur les murs de la cave comme des chauves-souris affolées. Plus un bruit, plus un son, bouches sèches et yeux exorbités, aucun ne parvient à sortir de l'immobilité.

C'est Marc qui rompt le sortilège en sautant en bas de l'escalier comme s'il venait d'être piqué par un insecte.

— Merde, putain, le con !

Il a du sang sur la tête et une épaule. Liquide rouge et épais qui suinte lentement entre les planches disjointes de la trappe. Sylvie crie enfin, déchaînant d'un coup toute l'énergie de son désespoir. Agathe se réveille en sursaut, le visage maculé de boue, étrangère à elle-même. Marc et Édouard se précipitent vers le battant et s'arc-boutent pour l'ouvrir. Au même instant, Claire sort de la torpeur et hurle de toutes ses forces :

— Arrêtez ! Arrêtez !

Électrisés par la puissance et le désespoir de son exclamation, les deux hommes obéissent sans sourciller. Claire se rapproche tout doucement de ses amis.

— Arrêtez… Arrêtez, s'il vous plaît… Arrêtez…

À présent, elle murmure :

— Arrêtez… N'ouvrez pas cette trappe, je vous en prie. Laissez-la encore fermée. Juste quelques minutes.

Elle s'assied par terre en tailleur. Silence et immobilité.

— Quelques minutes… Je voudrais juste quelques minutes. Tant que la trappe est fermée, on ne sait pas ce qui s'est vraiment passé. On ne sait pas… Et quand on ne sait pas, on peut encore espérer… Juste quelques minutes...

Remerciements

Merci aux autrices et aux auteurs du genre, qui m'ont offert tant d'heures de lecture palpitante et m'ont transmis l'envie d'explorer nos humanités par ce biais narratif.

Merci à Hélène Gédouin pour ta confiance, ton enthousiasme, ta capacité – rare dans ce monde stéréotypé – à voir au-delà des étiquettes. Gratitude infinie.

Merci à Delphine Bourgoin, pour ton accompagnement et ta détermination sans faille, ta lecture bienveillante, tes demandes d'amélioration exigeantes au service d'un texte qui n'aurait jamais été aussi abouti sans toi. Et, par-dessus tout, merci d'être celle que tu es, merveilleuse, dans ma vie.

MARABOUT
s'engage pour l'environnement
en réduisant l'empreinte carbone
de ses livres.
Celle de cet exemplaire est de :
500 g éq. CO_2
Rendez-vous sur
www.marabout-durable.fr

PAPIER À BASE DE
FIBRES CERTIFIÉES

Composition : Nord Compo

Cet ouvrage a été achevé d'imprimer en mars 2022
dans les ateliers de Normandie Roto Impression s.a.s.,
61250 Lonrai (Orne)
N° d'impression : 2200315

Pour le compte des Éditions Marabout
(58, rue Jean-Bleuzen, 92178 Vanves)

Dépôt légal : avril 2022
ISBN : 978-2-501-160-735
6973447